ERA O CÉU

SERGIO BIZZIO

ERA O CÉU

TRADUÇÃO E PREFÁCIO WILSON ALVES-BEZERRA

ILUMINURAS

Copyright © Sergio Bizzio, 2007
Licenciado por Literarische Agentur Mertin Inh Nicole Witt e. K.,
Frankfurt am Main, Alemanha.

Copyright © 2022 desta edição
Editora Iluminuras Ltda.

Capa e projeto gráfico
Eder Cardoso / Iluminuras
sobre fragmentos de gravuras do mestre holandês Hendrick Goltzius (1558-1617)
[modificadas digitalmente]

Revisão e Preparação de texto
Jane Pessoa

Revisão
Monika Vibeskaia

CIP-BRASIL. CATALOGAÇÃO NA PUBLICAÇÃO
SINDICATO NACIONAL DOS EDITORES DE LIVROS, RJ
L533e

   Bizzio, Sergio, 1956-
      Era o céu / Sergio Bizzio ; tradução Wilson Alves-Bezerra - 1. ed. - São Paulo : Iluminuras, 2022.
      216 p. ; 23 cm.

      Tradução de: Era el cielo

      ISBN 978-6-555-19185-1

      1. Romance argentino. I. Alves-Bezerra, Wilson. II. Título.

22-81510   CDD: 868.99323
                   CDU: 82-31(81)

Meri Gleice Rodrigues de Souza - Bibliotecária - CRB-7/6439

2022
EDITORA ILUMINURAS LTDA.
Rua Inácio Pereira da Rocha, 389 — 05432-011 — São Paulo — SP — Brasil
Tel./ Fax: 55 11 3031-6161
iluminuras@iluminuras.com.br
www.iluminuras.com.br

ÍNDICE

PREFÁCIO
Wilson Alves-Bezerra, 9

ERA O CÉU

PRIMEIRA PARTE

1, 17
2, 27
3, 35

SEGUNDA PARTE

4, 41
5, 55

6, 65
7, 98
8, 125
9, 144

TERCEIRA PARTE

10, 169
11, 182
12, 200

SOBRE O AUTOR, 214
SOBRE O TRADUTOR, 215

PREFÁCIO

Wilson Alves-Bezerra

Em nossas sociedades latino-americanas, muitos meninos foram criados para que quando crescessem, pudessem assumir a responsabilidade de "cuidar das mulheres". Numa sociedade patriarcal, homens podem "cuidar" ou "fazer mal" às mulheres, que jazem naturalizadas em sua condição de objeto, mesmo com todos os matizes de complexidade que os discursos de equidade atualmente iluminam quanto a isso.

O narrador de *Era o céu*, homem de pouco mais de quarenta anos, argentino, vive em uma sociedade assim e nos apresenta seus impasses: no casamento, no trabalho e, sobretudo, diante da impossibilidade de "cuidar" ou "proteger" a mulher com quem casou. O conflito é cruel: na cena inicial, ao voltar para casa, o protagonista se depara com a esposa, Diana, sendo estuprada por dois homens mais fortes e mais jovens que ele. Nem os estupradores nem a mulher o veem.

O dilema do protagonista é o mesmo que se apresenta aos leitores: o que se espera dele num momento como aquele? Que seja o macho alfa e entre batendo, atirando, matando, para defender o seu lar? Que seja civilizado, que recorra ao telefone, chame a polícia e aguarde, delegando a outras instâncias a defesa de sua esposa? Diante do impasse, ele, sujeito contemporâneo, reflete, vacila e não consegue tomar uma atitude.

Enquanto não se decide e, portanto, não se move, o protagonista está reduzido, impotente, à condição de voyeur: de sabedor do trauma da esposa e cúmplice. O leitor ou a leitora conseguem julgá-lo? O dilema proposto por este romance publicado em 2007 é perturbadoramente pertinente para o Brasil de hoje, onde está em pauta o direito às armas e às formas mais primitivas de autodefesa. Quais os limites entre vingança, justiça e proteção da família? O livro de Bizzio não se resolve com pareceres convictos e palavras de ordem próprios dos nossos tempos exacerbados, em que o debate foi substituído pela gritaria, o argumento pela frase de efeito e a conclusão pela ofensa.

Há uma dimensão em *Era o céu* que joga luz sobre pontos pouco abordados: quão difícil e qual o preço de se agredir o agressor? O personagem não é o homem médio do cinema de Hollywood, é o homem médio que vive nas cidades: meio medroso, meio sedentário e cheio de ansiedades. É o homem de meia-idade com sua vida medíocre — que vida não é medíocre? — e que não tem meios, portanto, para lidar com situações de exceção, como o estupro da própria esposa. Assim, se a promessa da liberação do porte de arma pode funcionar como um leniente para quem vê a violência na rua ou na televisão, para quem vive a situação traumática, ela é apenas mais uma prótese — reluzente em meio à panaceia contemporânea: tratamentos comportamentais para conseguir voar de avião; ansiolíticos para aplacar a dor, as fobias, os traumas, o desejo de matar; uma mulher mais jovem para se esquivar da velhice e da morte. Mas o que, afinal, cura um homem de si mesmo?

Não estou aqui falando de um homem fracassado. O protagonista seria visto, por qualquer um de nós, se o encontrássemos na rua, como um cidadão bem-sucedido: é roteirista de televisão, pai de um filho, e casado com uma jovem talentosa e bonita chamada Diana, de quem logo se separa e começa a namorar com outra jovem talentosa e bonita chamada Vera. O que está em jogo, então? Esse homem — bom pai, carinhoso, profissional competente, bem-humorado —, o que nos tem a mostrar?

É onde entra a mestria de Bizzio: com esses materiais comuns, ele constrói o que se poderia chamar de odisseia da intimidade, a jornada do homem medíocre, com suas fragilidades. A insegurança do protagonista não o transforma num misantropo de Dostoiévski, porque os remédios agora o habilitam a manter o laço social e a produtividade no trabalho.

Jacques Lacan, em um seminário chamado "A ética da psicanálise", falava sobre a dimensão trágica da psicanálise, pensada na pequena aventura de cada vida humana. A tragédia intranscendente, que comove apenas aquele que a vive, e que encontra no tempo limitado da sessão de análise uma forma e um mecanismo para transformá-la em algo que valha a pena ser escutado e compartilhado. Pois diante do personagem de Bizzio, estamos apreciando a degradação de um homem que tem de conviver não apenas com a violência contra aquela a quem ama, como também com sua própria imobilidade, sua incapacidade de fazer frente a algo que o arrasa, o silêncio da mulher e seu próprio silêncio.

Antes que a crueza do mundo inviabilize a vida do protagonista ou a do leitor, o livro lança mão de uma narcose poderosa: o riso. O humor que surge na trama tem a função de nos permitir, com leveza, afundar mais um pouco em uma realidade atroz que nada tem de reconfortante. Ao acompanhar a narrativa, o leitor se dá conta — atônito — de que nunca imaginara que um romance da vida pequeno-burguesa pudesse ser tão dolorido, que a vida cotidiana do mundo do trabalho e das relações familiares pudesse encerrar tanto fracasso e medo.

Nos interstícios deste romance sobre homens, surgem, enigmáticas e desafiadoras, as duas personagens femininas, Diana e Vera; elas que carregam pela vida, em tempos distintos, esse homem imprestável que não sabe lidar com sua própria condição. Mulheres que escrevem e que, insidiosamente, vão ampliando o grau de patetismo ao impasse viril do protagonista.

Era o céu, enfim, fala de tradições anacrônicas — o duelo, a vingança — e da impossibilidade de o homem contemporâneo lidar com elas. Mas, ao mesmo tempo, expõe a chaga da atualidade, a outra face da mesma herança: a violência contra a mulher, praticada por homens igualmente tão bem-sucedidos quanto o protagonista e tão terrivelmente fracassados como ele.

ERA O CÉU

PRIMEIRA PARTE

1

Quando cheguei, dois homens estavam estuprando minha mulher. A cena me chocou com doses iguais de incredulidade e violência, como se uma criança tivesse acabado de me bater com a força de um gigante. Um dos homens, com a braguilha aberta, de pé na frente da Diana, que estava ajoelhada, dominava-a pela nuca com a mesma mão com a qual segurava uma faca, obrigando-a a enfiar a cara no meio de suas pernas, enquanto o outro, por trás, debruçado em cima dela, abria-lhe os botões do vestido.

Fiquei paralisado, todo torto em uma posição estranha, com as pernas a meio caminho entre um passo e outro. Agora que escrevo, seleciono e reconstruo, e talvez esta seja a única torção estranha (verdadeira), mas naquele momento mal conseguia acreditar no que estava vendo; senti a mesma combinação de vertigem e lentidão, de morosidade e agitação que deve sentir quem acaba de sofrer um acidente, e mexi a cabeça para um lado e para o outro acompanhando o percurso dos meus olhos pelo quadro, como se a imagem fotográfica dessa primeira visão tivesse explodido, ampliando-se até ficar inabarcável. Depois, finalmente, me afastei da janela e me encostei na parede.

A primeira coisa que pensei foi que se eles me vissem Diana poderia morrer. Uma série de problemas menores (uma rebarba na fechadura que dificulta a chave de entrar; o zigue-zague por uma sala apinhada de móveis, mesas, luminárias, cadeiras e poltronas, para chegar até a cozinha, quando era possível ir direto para lá entrando pelo corredor exterior que contorna a casa) evitou que eu aparecesse de pronto no quarto, mas a ironia de que fosse sorte não ter dado de cara com eles era tão leve que não consegui captá-la; naquele momento, fiquei com medo de que as batidas do meu coração pudessem ser ouvidas através da parede. Ainda imóvel, retrocedi mentalmente até a cena e percebi que algo havia me impactado além do estupro em si: a delicadeza, eles a tratavam *com delicadeza*. Isso, por incrível que pareça, anulou em mim qualquer impulso, qualquer espontaneidade, quaisquer dos muitos recursos aos quais o leitor sem dúvida recorreria e pelos quais decidirá que sou desprezível. A delicadeza destilava ameaça — mascarando uma violência capaz de dominar a vítima pela lógica, fazendo-a entender que o pior já tinha acontecido e reduzindo sua resistência ao mínimo, a pequenos gestos e súplicas que são como os estremecimentos de uma lembrança ruim — mas também a promessa de que não ia acontecer mais nada ruim, nada *pior*. Não havia gritos nem grande violência. Aos "não" e "por favor" de Diana seguiam-se uns "psiu" menos pesados que o ar e mesmo assim com uma enorme capacidade de dominação.

Voltei a olhar. A perspectiva, detrás das cortinas, permitia-me vê-los de corpo inteiro. Estavam a quatro ou cinco metros da janela, junto à porta do quarto, onde não havia nenhuma bagunça, a não ser na cama: a manta e os lençóis pendiam num canto com as dobras intactas, como uma onda de lava; provavelmente eles a tinham surpreendido na sala e a arrastaram até lá, onde Diana teria tentado escapar. As mínimas mudanças que haviam acontecido enquanto fiquei encostado na parede me perturbaram. As calças do homem que estava em pé haviam caído. Ele tinha pernas musculosas e ofensivamente pálidas, e usava uma cueca bem justa, estampada com flores vermelhas, contra a qual empurrava o rosto de Diana. O segundo homem tinha tirado o sutiã dela e agora lhe acariciava os mamilos com a ponta dos dedos. Já não se inclinava sobre ela; estava de joelhos, na mesma posição de Diana, forçando por trás suas pernas contra as dela. Em alguns momentos, enterrava a cabeça nos cabelos dela e a faca do primeiro homem roçava-lhe o rosto.

Eu nunca os havia visto antes. Deviam ter uns trinta anos. Registrei o dado com um calafrio: eram bem mais jovens que Diana. O que estava em pé era loiro, pálido, musculoso, enérgico. Mantinha o olhar fixo na boca de Diana e rebolava bem devagar para a frente e para trás, com um sigilo de caçador que se previne de espantar a presa e que sente mais prazer na mestria com que se aproxima dela do que com sua morte. O outro tinha a cabeça raspada. Usava sandálias de couro e se mexia sobre as costas de Diana como um contrabaixista.

Nenhum dos dois parecia estar nervoso ou ter pressa. Mas a qualquer variação seguia-se uma disputa, uma luta milimétrica que reacendia meu temor que batessem nela ou a ferissem. Afastei-me, respirei, voltei a olhar. O homem da cabeça raspada pegou-a pela cintura e a puxou do meio das pernas do loiro para trazê-la para ele. Diana levantou-se de um salto, se desvencilhando e se debatendo. Implorou para que eles a deixassem. O loiro pegou-a pelos braços e, enquanto o outro lhe arrancava o vestido, falou algo no ouvido dela; talvez a tenha mandado ficar quieta, ou prometeu que ia ser rápido. Então Diana tentou cobrir o rosto com as mãos, mas o loiro continuava segurando-a pelos braços, por trás; vi nos olhos dela a necessidade de se cobrir e o desconcerto de estar impotente. Estive a ponto de gritar. Um momento depois o homem da cabeça raspada tirou a calcinha dela e Diana, agora completamente nua, pareceu se render.

Levaram-na para a cama. Levaram com o mesmo ar de cortesia funcional com que se conduz um idoso à sua cadeira no jardim. Lá houve uma nova investida: os homens a soltaram ao mesmo tempo (o loiro para tirar a cueca e o careca para baixar as calças), e Diana escapou e correu para a porta, onde voltaram a pegá-la. Foram os três para o chão. Durante um momento, ninguém se mexeu nem disse nada. Ficaram quietos, mudos, respirando agitadamente, desarticulados, agarrados uns nos outros, meio vestidos, meio pelados, até que o loiro tirou o braço da massa que tinham se tornado e encostou a faca nos dentes da Diana, metendo-a de canto entre seus lábios. Falou alguma coisa e Diana concordou. Levaram-na de volta para a cama. Deitaram-na de barriga para cima. O careca lhe abriu as pernas, se ajoelhou no meio delas e deixou cair lentamente a boca sobre seu sexo. Diana se arqueou.

O loiro continuava lhe segurando os pulsos e a olhava com um ar melancólico, sem lascívia. Parecia ter descoberto um abismo entre a pele de Diana — levemente bronzeada, um pouco mais clara sobre os ossos, ao se curvar — e a sensibilidade de suas mãos. E, de repente, como se tivesse pulado nesse abismo de um minuto atrás e só agora, já no ar, decidisse alcançá-la, pegou-a pelas costelas e deslizou suas mãos para cima e para baixo, bem devagar, repetidamente, sem deixar de admirar, por um segundo, a voracidade com que o careca a chupava. Depois pegou uma das mãos de Diana e a levou para o meio de suas pernas. Ao tocá-lo, Diana encolheu o braço, mas o loiro repetiu a operação. Dessa vez manteve a mão dela presa com força, até Diana notar que ele não a retiraria dali.

Afastei-me novamente. O loiro tinha abandonado a faca. Não sabia ao certo onde (se à direita ou à esquerda) e calculei quanto tempo ele demoraria para encontrá-la se eu entrasse de repente no quarto. Um segundo, ou talvez dois, tateando rapidamente num e noutro lado, mas o que eu ia fazer uma vez que estivesse lá dentro? Abaixei-me, passei por baixo da janela e fui até os fundos da casa. Ergui uma pedra, voltei a deixá-la. Na churrasqueira havia uma série de instrumentos de churrasco que Diana me dera uma vez, todos cromados, todos da mesma largura e todos igualmente inúteis. Peguei o atiçador, agitei-o no ar e entrei na casa.

Parei ao ouvir os gemidos. Em meio aos gemidos roucos e abafados de um dos homens, ouvi também um gemido de Diana, mais fraco e sinuoso, e que aparecia e se perdia e voltava a surgir, enroscado aos gemidos do homem com um fio mais fino entre as centenas de fios de um cabo de aço. Foi o bastante para aumentar o peso do ferro na minha mão; entendi que não seria o suficiente para bater mais de uma vez antes de eles virem para cima de mim, até mesmo aquele em quem eu bateria. Eu não tinha nem a metade da força nem da agilidade deles. Eles iam matar a gente. Recuei, voltei sobre meus passos. Agora o cara da cabeça raspada penetrava Diana com estocadas cada vez mais rápidas. Gozou em silêncio, alguns segundos depois, apertando as mandíbulas, e o loiro tomou o lugar dele. Mudaram de posição sem ansiedade, e inclusive com certa serenidade, como atores de filme pornô. Diana obedeceu à pressão das mãos do loiro e virou. O loiro a mandou ficar de quatro. Depois a pegou pela cintura e durante um momento se esfregou literalmente na bunda dela, até que parou de se mexer. Parecia contrariado. O cara com a cabeça raspada, sentado na beira da cama, apoiado nos cotovelos, brilhando de suor, virou para ver o que estava acontecendo. Por um momento achei que tinham me visto e, em vez de me afastar, confiei na minha imobilidade: mais tarde, se tudo desse "certo", quando os homens já tivessem ido embora, um deles veria meu contorno na janela... Mas a razão da pausa era menos prosaica do que eu temera: o loiro esticou o braço, pegou a faca e só então recuperou a ereção. Penetrou-a por trás. Diana ergueu a cabeça, deixou-a cair. Apoiada sobre os cotovelos, a cada investida do loiro seu cabelo roçava a cama.

Desviei a vista e olhei à minha volta. Olhei tão somente para me assegurar de estar lá. Fazia vários dias que o céu estava claro e que o sol projetava as mesmas sombras, das quais eu começava a ser parte. Pensei, com vontade de acreditar, que no fundo era Diana quem controlava a situação: na medida em que não podia fazer outra coisa, dosava sua resistência e sua entrega, o volume de sua submissão. A ideia me pareceu absurda, tanto naquela hora quanto agora; não atenuou minha angústia nem justificou minha inação, não me *serviu*. Senti também o vento da asa do absurdo ao me lembrar — como se fosse algo distante — que fazia apenas uma semana que estávamos juntos novamente. Durante os dois anos em que estivemos separados, não tinha deixado de pensar um só dia na possibilidade de voltar com ela. Diana era a única pessoa no mundo com quem eu me sentia realmente seguro. Depois de uma década casados, a segurança é um estado tão ou mais valioso que o estímulo intelectual ou o desejo sexual. Tenho quarenta e três anos, começo a valorizar coisas assim. Além do mais, o futuro ia se estreitando até se tornar visível: uma faixa de tempo que é teoricamente menor do que a que já vivi e na qual não há lugar para o que eu gostaria de viver. Pensei nessas coisas, desordenadamente.

Quando olhei de novo, Diana estava sozinha.

Eu não podia lhe dizer que tinha visto tudo. Mas se eu deixasse ela me dizer, não poderia evitar a desfaçatez de me fingir surpreso, violento ou desesperado. Era melhor contar a ela que eu tinha sido um covarde, que eu tinha estado lá o tempo todo? Seria o fim da minha vida com Diana, com Julián, seria o final do que eu estava procurando? Dei uma olhada lá dentro e soube que o que eu faria era prolongar a farsa.

Diana estava bem. Havia uma certa vitalidade tranquilizadora na forma com que ela se levantou e se sentou na cama, e inclusive durante os poucos segundos em que permaneceu quieta, pensativa, com as mãos nas pernas, como que decidindo se se levantava ou se começava a chorar. Estaria pensando em dar queixa? Diana era uma autora de livros infantis bem famosa e seu estupro poderia se transformar no assunto do mês. Estaria pensando nela, em mim, pensando em como me contaria o acontecido? Negou silenciosamente com a cabeça como se realmente houvesse algo a pensar e ela tivesse acabado de pensar, repassar e reconstruir os momentos anteriores, apesar de que, mesmo naquele momento, pareceu-me evidente que sua rememoração ia além da minha, uma mera rebarba na fechadura. Tive a impressão de que ela estava menos angustiada que irritada. De repente, estremeceu, estremeceu brevemente, como se alguma coisa a tivesse nauseado, e seu pé esquerdo, que até o momento estava apoiado na ponta dos dedos, deslizou para a frente e pisou no chão com força, remexendo-se e se acomodando como que num novo mundo. Depois de alguns segundos de imobilidade, apoiou-se naquele pé para se levantar, pegou o vestido e saiu do quarto a passos rápidos.

Afastei-me da janela e voltei pelo lugar por onde tinha chegado. Eram quatro da tarde. Às cinco Julián saía da escola. Diana e eu tínhamos combinado que naquela tarde era ela quem iria buscá-lo. Sabia que Diana não teria condições de ir e que de um momento para outro ia me ligar para me pedir para eu ir, e me veio à cabeça — *caiu* na minha cabeça, feito uma pedra, provocando uma maré que banhou de terror a costa em miniatura da minha vida — a imagem de Julián entrando pela primeira vez no apartamento que aluguei quando Diana e eu nos separamos, dois anos antes.

— Eu gosto de novidades. Gostei dessa árvore — ele disse.

"Novidade" se referia ao fato de que o apartamento *era* novo: fui o primeiro inquilino que morou ali. "A árvore" era um velho paraíso enegrecido e naquele momento — inverno — sem folhas: a copa, uma rede de galhos retorcidos, com nós inchados e cascas ressecadas e ocas, dava para a janela da sala, como um fantasma: prometia para o verão, já florida, o alívio de sua sombra, mas naquele momento não era mais que uma sombra em si mesma. A aprovação de Julián me deixou comovido. Só então — curiosamente, porque Diana e eu falamos sobre nos separarmos durantes meses — me dei conta de que já não estava morando com ele.

Meu filho, o ser mais amado, o homenzinho que sustentava o sentido do mundo, sentou-se no chão, alheio à minha angústia, e tirou da mochila da escola uma nave espacial sem cabine, sem portas, completamente lacrada, com luzes piscantes nas asas. Depois enfiou de novo a mão na mochila, mexeu um pouco (as crianças confiam no tato e na vida na mesma medida, mas deixam as tarefas mais simples para o tato) e tirou um super-herói não articulado e grande demais para a nave. Apesar de todas as dificuldades — a nave pequena e lacrada e o super-herói imenso —, adaptou-os com a mesma desenvoltura com que prometia adaptar-se à nova situação. Bastou-lhe, para que a brincadeira fosse bem-sucedida, fazer um barulho com a boca, e acreditar nele.

Não me afastei da casa; caminhei pelas redondezas, aturdido como alguém que vaga sem rumo em meio às ruínas de um atentado. Até que Diana me ligou no celular e me perguntou se eu podia ir buscar o Julián. Desculpou-se por me ligar tão em cima da hora. Poderia? Disse que sim e lhe perguntei o que havia acontecido.

Diana fez uma pausa.

Esperei pela resposta com a ansiedade de um paciente que acaba de entregar ao oncologista um envelope com o resultado de um exame de rotina, com a ansiedade de um viciado que é deixado sozinho perto de um móvel cheio de gavetinhas.

— Aconteceu alguma coisa?

— A Elisa me ligou — disse por fim. Nenhum sinal na voz, nenhuma fissura. — Quer me ver e eu disse que sim, parece urgente.

De modo que ela pensava em não me contar nada, pelo menos por enquanto.

— Diana... — vacilei. Me custa escrever o que disse a ela; foi um sussurro, mas no tom houve montanhas de cumplicidade e um lago de dor no qual um estranho submergia seus remos sem pressa. — Alguma vez já te disse que te amo?

Ela fez uma pausa rápida:

— Tonto — disse.

Não era de forma alguma o tipo de palavra que Diana usava, fora de seus livros. Numa conversa qualquer, seu equivalente a "tonto" era um barulhinho com a boca acompanhado de um sorriso e um movimento em câmera lenta com a cabeça. O acordo carinhoso que aquela palavra tinha ou podia ter entre nós foi como um rangido.

Assim que Julián saiu da escola (vê-lo me partiu o coração: de repente, era uma criança que não sabia nada sobre os pais), convidei-o para ir ao cinema. Respondeu-me que preferia jogar tênis. No clube, aluguei duas raquetes e um tubo com bolas e fomos para o paredão. Tivemos que esperar um pouco porque estavam ocupados por seis adolescentes, três garotos e três garotas, que se revezavam. Tínhamos comprado uma Pepsi com dois canudos e nos sentamos na grama para esperar eles terminarem. "Meu canudinho é o que está amassadinho", esclareceu Julián para que eu não o usasse. Apenas um dos seis meninos jogava bem e se exibia diante dos demais, exagerando seu estilo até a caricatura, batia na bola com mais força do que o necessário e emitia um típico grito abafado dos tenistas profissionais. Quando finalmente partiram, Julián jogou um pouco desajeitadamente, talvez por conta do estilo exagerado do menino, como se não quisesse de jeito nenhum se parecer com ele, ou talvez porque o uniforme da escola o incomodasse...

Eu tinha trinta e sete anos quando o Julián nasceu e me lembro que, nos meses anteriores a seu nascimento, doía-me a ideia de ser um pai velho demais para ele. Pensava que minha agilidade não ia estar à altura de suas brincadeiras, que minha resistência física não seria o bastante para dar conta de sua necessidade de ação. Isso não aconteceu. Tinha inclusive mais ânimo e mais força do que nunca. Até aquela tarde. Naquela tarde tive minha idade.

Julián logo parou de jogar. A uns trinta metros do paredão, dois homens estavam cortando uma árvore. Nos aproximamos para ver. Um deles puxava a corda com a qual tinha laçado o galho que o outro estava cortando pela base, com uma motosserra. "Se o galho cair na cabeça dele, ele morre", comentou Julián. Respondi a ele que não tinha perigo, porque eles sabiam o que estavam fazendo. "Tem que saber o que está fazendo para fazer isso?", ele me perguntou. Considerei as possibilidades da pergunta, como se tivesse sido feita por um adulto mais ou menos irônico, e respondi que sim. O galho se partiu e caiu bem devagar, mas o ranger da madeira se quebrando não terminou até o galho bater no chão, e ainda uns segundos depois.

2

Abri a porta de casa e Julián foi correndo ligar o computador. Avancei pela sala lentamente.

— Diana?

Entrei no quarto. A cama estava arrumada e não havia nada fora do lugar. Impressionou-me perceber que *em momento algum* houve nada fora do lugar, e que Diana só precisou estender a manta e desamarrotar o lençol com as mãos para apagar os vestígios do que havia acontecido. Olhei para a janela. Lá estava eu havia algumas horas. Porém eu não tinha saído totalmente daquele lugar, e talvez nunca teria força o bastante para me afastar completamente dali.

Sentei-me na cama. Do quarto ao lado chegava o som do jogo do computador: aceleradas, uma sirene monótona, golpes nas teclas e a voz de Julián gritando em intervalos irregulares: "Não!", "Vai!", "Isso!".

De repente, eu me senti esgotado.

A testa é o lugar do corpo em que sinto o cansaço com maior nitidez. Não a testa toda: é um setor circular, localizado um pouco acima do nariz, que se estreita e se expande à esquerda e à direita, até tocar as têmporas, desenhando a figura de uma pessoa de braços abertos sobre o encosto de um sofá. Porém, não é um cansaço tranquilo, nem exclusivamente físico. É como seu eu soubesse o que vai acontecer amanhã e não me interessasse... E, ao mesmo tempo, se eu parar para pensar, toda manhã, ao me levantar ou, melhor ainda, à noite, antes de me deitar, sinto a doçura do cansaço como resultado de um dia ativo, impulsionado ao topo de qualquer coisa, por qualquer coisa que justifique o trajeto. Um homem sobre uma montanha de poeira porque sabe que lá no alto existe algo sólido, ou útil, ou pelo menos diferente da poeira. Eu fui esse homem. A indiferença, minha indiferença pelo que virá, é o que a figura no sofá está sentindo em sua própria testa, por cima das sobrancelhas, expandindo-se à esquerda e à direita e desenhando outra figura, também sentada. Não é uma série, nem continua até o infinito. Termina aí. A figura do cansaço na figura do meu cansaço. Mas enquanto eu sei o que vai acontecer amanhã, a figura não faz ideia e nem por isso sente menos cansaço do que eu. Este é quem eu sou agora.

Quando abri os olhos já era de noite. Julián tinha agarrado meu ombro com as duas mãos e me sacudia com força, mesmo depois de eu já ter acordado. Olhei para ele. Continuava me sacudindo.

— A mamãe tá falando para você vir comer...

Fiquei com a impressão de nunca ter ouvido nada tão esquisito em toda a minha vida.

Depois de dois anos de ausência, a empregada me olhava como seu eu fosse um intruso. Diana e eu já tínhamos nos acostumado bem rápido a estarmos juntos outra vez, mas a empregada me perseguia com o olhar, e eu tinha a sensação de que ela estava esperando que Diana reagisse de uma vez por todas e me perguntasse quem eu era e o que eu estava fazendo ali. Naquela noite, quando entrei na cozinha (a empregada estava transportando algo, numa concha, de uma panela para um prato nas mãos da Diana), ela foi a primeira a erguer o olhar em minha direção. Diana não me olhou até que eu a beijasse.

O jantar foi rápido, mas fizemos um esforço tão grande para copiar os tons e a modulação de um jantar qualquer que pareceu eterno. As intervenções de Julián, seus comentários aos nossos comentários, ou suas brincadeiras (inclinar a cadeira para trás e balançá-la com os pés de trás, enfiar um bonequinho pelo gargalo da garrafa de água) eram a única coisa que restituía o tempo real, acelerando-o. Diana não sabia que eu sabia, claro, mas eu não sabia porque ela não contava. E não parecia disposta a contar. Todo nosso simulacro de naturalidade estava marcado por faíscas e batidas, como uma tempestade atrás de uma cortina, mas somente Diana podia perguntar sem medo o que é que estava acontecendo e aceitar minha resposta como verdade. Quando perguntou, menos intrigada por meu silêncio do que para relaxar sua própria tensão, disse a ela que Bardem, o produtor espanhol para quem eu trabalhava por e-mail durante os últimos meses, queria que eu fosse para lá. Tinha que ir em vinte dias. O pavor que eu tinha de avião foi suficiente para Diana entender o que estava acontecendo; sorriu-me e perguntou por que só agora eu estava contando isso. "Querida, vim aqui para isso, deixei tudo para vir te contar, mas quando cheguei você estava sendo estuprada e eu não sabia o que fazer. Na verdade, não fiz nada... além de assistir. Eu estou me sentindo péssimo, quase mais do que pelo que aconteceu com você. É por isso que só estou te contando agora. Poderia levar o Julián para o quarto e voltar sozinha? Eu adoraria morrer, mas não queria que ele estivesse presente." Dei de ombros e disse a ela que não tinha certeza se eu ia conseguir entrar num avião.

— Outra vez essa história? — disse Diana como se estivesse falando com uma criança que insiste em usar o barbeador do pai (ou a roupa da mãe).

Depois se levantou, me deu um beijo na têmpora (apoiou a mão no encosto da minha cadeira, não no meu ombro) e disse que ia se deitar. Não estava se sentindo bem. Perguntei se queria que eu chamasse um médico. Ela franziu a testa, um gesto que tornava exagerada minha pergunta, e disse que não, que o que precisava era descansar um pouco.

Duas horas mais tarde, quando Julián adormeceu, abri a porta do quarto milimetricamente, tirei os sapatos e a roupa e deitei na cama, tentando não acordá-la, apesar de saber que ela fingia dormir. Fazíamos a mesma cena nas semanas anteriores à separação. Com a diferença de que nestes últimos tempos juntos, eu quase não dormia, me mantinha flutuando entre o sono e a vigília, atento a seus movimentos na cama, a suas mudanças de posição. Dormia "na expectativa": por que ela não me abraça? Será que vai me abraçar se eu me virar, se eu ficar de costas para ela? Reconheço certa coreografia do sono em meus relacionamentos mais longos (nos relacionamentos ocasionais não tem nada além de um tatear e ficar desconcertado e, claro, à procura da própria comodidade). Bastava um leve toque com a ponta dos dedos na barriga dela para ela se virar para mim, independentemente do quão adormecida estivesse. Ela me *sentia*. Muito tempo depois me perguntava como ainda era possível que acontecesse algo assim, não tanto ela sentir o toque dos meus dedos (isso, mesmo para um cínico, é amor), quanto o fato de que eu mesmo percebesse e me lembrasse e não estivesse naquele momento com ela... Mais que isso, Diana foi a primeira a fazer o gesto. E eu o adotei. Não como um imitador (como um estudante de teatro que, sentado na primeira fila, olha para a versão ruim de uma peça péssima celebrada pela crítica e se agarra à fé de que ele também deve assim, em vez de se levantar e ir embora) e sim com devoção, suspenso a toda a extensão do meu ser.

Então Diana recolhia os cabelos para eu colocar minha cara no seu pescoço, coisa que eu fazia todas as noites. Todas. Todas as noites. Eu passava um braço pela cintura dela, cruzava o outro em cima do seu peito para alcançar um ombro, e ela se aninhava em mim com um movimento tão doce e tão suave que te fazia pensar no vento.

E ao contrário, quando eu ficava de costas para ela (com bem menos sutileza que ela, e não digo isso por educação), se encostava em mim com um braço estendido sobre minhas pernas, cobrindo meu joelho com a mão. Qualquer alteração nessa rotina podia nos acordar.

Mas chegou um momento em que nós só nos abraçávamos quando calhava de estarmos frente a frente, como se o abraço não fosse mais que o resultado de um encontro casual.

"Saio do buraco onde durmo", diz uma linha de Apollinaire. Essa foi minha sensação pela manhã, assim que acordei.

Disse "pela manhã", mas o leque do supérfluo era muito mais amplo do que eu havia suposto: ainda era noite. O motor de um carro rasgou os últimos segundos de confusão...

Diana dormia de barriga para cima. Tirei um pé da cama e, quando o apoiei no chão, ela entreabriu os olhos; duas ranhuras na escuridão. Em seguida, fechou-os de novo. Apoiei o outro pé e saí do quarto.

Na cozinha, encontrei o frasco de plástico onde Julián guarda alguns brinquedos. Tirei a tampa e derramei o conteúdo na mesa: um marcianinho verde-limão com um gancho de metal na cabeça... um cachorro de três cores... um escorpião escarlate... uma formiga sem barriga, com olhos de adesivo e mãos em forma de pinça... uma minhoquinha verde enroscada no rabo de uma onça... um caracol sorridente, de antenas arredondadas, com um livro na mão... um segurança de zoológico com um uniforme verde e um quepe que cobria até as sobrancelhas... um trator sem rodas... um rato com os braços abertos, como se tivesse acabado de ver alguém ou algo muito querido... um bumerangue de plástico lilás... um estranho cogumelo cinza com cara humana... um monstro avermelhado com a boca aberta e o rabo em chamas...

Por que ela não me contou? Por que ela não me contou?

Julián apareceu na cozinha com o cabelo bagunçado. Sentou no meu colo, apoiou uma face no meu peito e depois de um momento de silêncio (esse momento do começo do dia em que se saboreia o prazer de ter a presença do outro) me contou um sonho de queda e me perguntou se eu sentia a mesma coisa que ele. "O quê?" Para contar o que ele sentia sacudiu-se, tremeu. Eu disse que sim, que eu sentia a mesma coisa. Lembro-me perfeitamente da sensação dos sonhos de queda. Contei a ele que sempre acordava um segundo antes de me esborrachar no chão. Julián pareceu surpreso. Levantou o rosto, olhou para mim e me disse que ele não acordava, que se esborracha no chão e se levanta e sai andando.

Desde que Julián começou a andar, era a primeira vez que Diana acordava depois dele. Em geral, ela se vestia antes de sair do quarto, quero dizer *completamente*, com a roupa que usaria pelo resto do dia, ou com um roupão se tomasse banho antes do café da manhã e não depois; agora estava só de calcinha e com uma camiseta sem sutiã; tinha passado um pente no cabelo. Beijou Julián e a mim, e entre um bocejo e outro disse que fazia tempo que não dormia tão profundamente e que, apesar disso, se sentia como se tivesse levado uma surra. Levantei-me e servi o café para ela. Quando me sentei de novo — não antes, como se fosse um assunto do qual era preciso falar a meio metro de distância —, perguntou-me detalhes da viagem. Respondi desordenadamente: teria que estar lá umas duas semanas, trabalhar um pouco no roteiro antes do começo da pré-produção et cetera. Diana disse:

— O que acontece se você não for?
— Não sei. Uma das cláusulas diz que fico à disposição do produtor...
Diana baixou a vista, esmagou uma casquinha de pão com um dedo e me olhou de novo, mas não disse nada.
— Você está bem? — perguntei.
— Estou — ela disse com ar despreocupado. Neguei em silêncio com a cabeça. — Eles escolheram a protagonista?
— Acho que sim. Você viria comigo?
— O Julián não pode falar duas semanas na escola...
— Poooosso! — disse Julián.

— Além do mais, seu problema não é ir sozinho, seu problema é o... — disse "avião" mexendo os lábios em silêncio; não queria que Julián soubesse que o pai tinha pavor de voar, não queria transmitir a ele nenhum de meus medos, que eram dezenas. Não me estranharia que depois de anos de palavras escamoteadas Julián terminasse tendo medo das elipses.

— A Elisa me contou que o irmão dela fez uma vez um curso para voar. Quer que eu veja isso?

— Voou?

— Claro.

— Voltou?

— Como?

— Se conseguiu voltar...

O problema de ir — para mim — é ter que voltar depois. As viagens são sempre duplas, tem o seu reverso, se completam quando se volta ao ponto de partida; nunca é apenas um voo, a menos que se saiba que não vai se voltar, o que faria com que meia viagem fosse a viagem *toda*. Eu não conto com esse alívio. Minhas viagens de ida se complicaram sempre pela face sombria da volta: e se eu for capaz de ir mas não de voltar? De tal forma que, apesar de eu ainda não ter ido, já começo a me preocupar com a volta, a ponto de que muito antes de eu ter mexido um dedo já aconteceu uma batida.

Diana sorriu, ajeitou o cabelo atrás das orelhas e se debruçou sobre um desenho que Julián tinha começado minutos antes: monstros, monstros silenciosos, monstros articulados silenciosos. Sempre gostei da honestidade da atenção que Diana dedicava a Julián; dessa vez, percebi uma sombra de condescendência, talvez projetada pelo que eu mesmo havia visto e sobre o que Diana guardava silêncio. Mas suas pupilas, seguindo as linhas que Julián desenhava no papel, iam a outra velocidade, ou mais rápidas ou mais lentas ou na direção contrária; seus comentários soavam forçados, e às vezes suas respostas demoravam tanto que Julián tinha que repetir a pergunta.

3

A primeira coisa que o dr. Rodolfo Comas (médico psiquiatra) fez foi colocar, com um movimento das mãos em concha, como se transportasse um punhado de ar por cima da escrivaninha, o medo de um lado e as fobias de outro. "O medo, do latim *metus*" — disse — "se *mete* na pessoa por ele mesmo, ou pela ação de um terceiro, enquanto a fobia é um sufixo que... usamos especificamente para os temores íntimos projetados em um objeto exterior." E apesar de não fazer nem dois minutos que estava ali, ele já me olhou como que me perguntando se eu estava entendendo. Assenti. Ele devia ter uns cinquenta anos, dois filhos, ou talvez três, um apartamento em Belgrano cheio de livros, móveis laqueados, dinheiro no exterior, uma Subaru verde-musgo (com bagageiro), um amigo de infância (com sobrepeso), um apartamento na praia e não mais do que isso. Era simpático, asseado, meticuloso, estava vestido com paletó creme, camisa branca e uma gravata patologicamente listrada sobre a qual apoiava de tempos em tempos os dedos, como que para se certificar de que ela continuava ali; falava com voz suave, em tom amistoso. Na parede, atrás dele, estavam dois diplomas; o da esquerda declarava-o membro internacional da American Psychiatric Association, e o da direita da Association for Cognitive Psychotherapy, ambos com moldura em pátina. Era também, e agora principalmente, fundador e coordenador de uma equipe profissional multidisciplinar chamada "Voar sem temer" e palestrante habitual da indústria farmacêutica em programas de atualização médica, que era o que mais me importava: o fármaco, os efeitos da fórmula do fármaco.

— Eu consigo voar, o que não consigo é entrar num avião — eu disse em determinado momento.

— É o que estou te dizendo — me disse com certa intimidade o dr. Comas. — Você sabe quem é Dâmocles?

— O sujeito da espada?

— Exato. Hipócrates percebeu um dia que Dâmocles não podia ficar do lado de um poço, mas que podia entrar nele... no poço. Acontece a mesma coisa neste caso. Quer dizer, o medo não alude ao verbo, e sim ao objeto, não alude ao verbo "voar" mas ao avião.

— O problema é que não tem outro jeito de voar...

O dr. Comas sorriu e pediu para eu ficar tranquilo, com um gesto com as mãos abertas, como se estivesse empurrando para mim as duas pequenas montanhas de ar que tinha colocado na escrivaninha no começo do encontro. Em seguida, levemente incomodado com o zigue-zague da entrevista, retrocedeu uma página e me explicou em que consistia o curso: quatro sessões de uma hora e meia cada uma, seguindo um programa que combinava dados técnicos sobre o avião, simulador de voo, técnicas de respiração e psicotrópicos. Fiquei com a impressão de que não faltava nada. Não obstante, no fim de meia hora de futucar nos jardins da minha psicologia e em minhas experiências passadas de voo, tirou da gaveta da escrivaninha um livro dele, *Estratégias para vencer o medo de voar*, com a tromba de um Jumbo na capa, um vídeo, *Recursos para vencer o medo de voar*, em cuja capa estava agora a tromba dele, e uma série de folhas impressas com o título *Conselhos práticos para vencer o medo de voar*. Dessa vez, lendo os títulos, tive uma má impressão (ia de "estratégias" a "recursos" e a "conselhos", uma gradação muito desconsoladora).

Voltei a me animar quando ele pegou o receituário. Teria que tomar um comprimido diário (10 mg) de escitalopram, um inibidor seletivo da recepção de serotonina, isto é, *confiança*. Peguei a receita e ele se levantou e me estendeu a mão no mesmo momento em que eu guardava a minha no bolso; disse que essa primeira entrevista era "sem custo", de modo que lhe apertei a mão e, em certo sentido, lhe ofereci as costas, não ao dr. Comas, mas à própria mão, que em seguida pousou por cima da minha cintura e me conduziu à saída.

— E então? — perguntou-me Diana.
— Foi bom, me deu um remédio e um filme — e entreguei a ela o vídeo.
Diana deu uma olhada e o deixou em cima da mesa. Disse que estava cozinhando algo "saboroso": um lampejo de entusiasmo (três dias depois era mais que evidente que ela não cogitava me contar). A empregada saiu da cozinha secando os dedos na blusa.
— O senhor não vai jantar? — me perguntou.
— Vou sim — disse a ela.

Julián já tinha comido e estava em nossa cama vendo *A fantástica fábrica de chocolate*. Ele estava com sono, fazia força para se manter acordado. Me abraçou sem dizer nada, e quando me soltou, virou de lado e fechou os olhos: pronto, suficiente por hoje, não lutaria mais. Tirei o filme, levei-o para cama e desci para jantar.

Naquela noite, como naquela manhã, voltei a me sentir terrivelmente desonesto: *lia* nela; em qualquer coisa que ela dissesse ou fizesse ou deixasse de fazer eu lia a verdade, quando a intenção dela era esconder; só minha presença era o suficiente para fazê-la mentir. Se Diana desviasse o olhar e se ausentasse, ou se continuasse me olhando fixamente um segundo depois de eu ter terminado de lhe contar algo, eu sabia o porquê; nada do que dissesse depois seria verdade. ("*Fiquei pensando que...*") Diana era de repente um texto para mim, uma mulher legível. Exceto quando "se esquecia", o que acontecia cada vez com mais frequência, em intervalos cada vez maiores, durante os quais voltávamos a nos sentir queridos e necessários e, paradoxalmente, seguros.

Uma hora mais tarde nos deitamos e colocamos o vídeo do dr. Comas. Diana encostou a cabeça no meu ombro e disse num sussurro:

— Eu gosto que você esteja aqui.

Eu sabia. Quando me virei para ela e Diana me abraçou com força, também soube que além de me abraçar, ela estava *me impedindo de avançar*.

Foi um momento estranho para mim e certamente terrível para ela. Nada se encaixava. Os corpos sim, mas não a alegria de estarmos juntos, como nos dias anteriores ao ataque. Éramos novamente uma família, mas já não podíamos dizer que não houvesse nada mais doce. Ficamos pensativos e calados; pensativos sobre um fundo de informações técnicas, calados sobre um fundo de turbinas.

SEGUNDA PARTE

4

Diana e eu nos separamos na mesma data em que nos casamos, dez anos antes. "Um casamento redondo", comentou ela ao perceber a coincidência.

Durante alguns meses o desconcerto pela separação foi simétrico, "como um tigre que observa suas asas abertas", como escreveu em um de seus contos, referindo-se a uma infelicidade de fantasia. Até que uma noite conheci Vera na festa de fim de ano de um canal de televisão para o qual nós dois trabalhávamos como roteiristas. E ainda que o horizonte não tenha se inclinado por isso, minha vida sim. Na minha vida até então não havia nada além de um monte de feridas superficiais.

O lugar, um galpão em meio a um processo de reforma, estava na penumbra, e dezenas de produtores, agentes, atores, executivos, roteiristas, jornalistas, representantes, cada qual com sua esposa ou esposo ou amante, todos comicamente vestidos de acordo com seu papel, falavam erguendo a voz por cima da música em um clima heterogêneo de sucesso, promessa e ansiedade, regado a um champanhe que, sem ser ruim, deixava claro que se adaptava a um orçamento. Eu tinha ido sozinho, depois de ter pensado muito. Odeio meu trabalho, odeio o mundo da televisão; talvez por isso eu não tenha nunca conseguido me livrar dele. Lá e cá estouravam de tempos em tempos risadas como granadas; o entusiasmo de alguns abraços dava vergonha. Atrás do olhar entre curioso e abobalhado — com o qual muitos interrompiam suas conversas para dirigi-lo aos artistas cada vez que estes posavam para uma foto — havia receio, desprezo.

Tudo era surdo, enroscado, servil, automático, negociável, lateral. Na parede dos fundos tinha sido montado uma espécie de estrado, no qual em determinado momento subiam as autoridades do canal e um após o outro discursavam de modo breve e ardente, como feridas; depois, numa tela não completamente esticada, projetaram imagens de ambos os ciclos, nas quais, com apenas uma gota de sangue-frio, era possível perceber a despreocupação rotineira de um editor mal pago e mesmo assim *parte da grande família*: fragmentos escolhidos ao acaso, sem nenhum cuidado com luz, som, planos, interrupção abrupta da música e até das falas. Pois, afinal, quem iria perceber? (Eu, idiota, o autor.) Já ao final da projeção, a estrela do programa — um especialista em superinterpretação que agora também faz sucesso na Colômbia ou no México, ou na Venezuela — disse em primeiro plano, com a voz pastosa: "Você vai se arrepender. Acredite em mim: Você vai se arrepender". Então, sem tirar os olhos da tela, Vera inclinou-se em minha direção, eu que estava casualmente ao seu lado e, certa de que eu era outro — lá mesmo *havia* outro há um segundo —, falou-me ao ouvido:

— Este é o maior estúpido que já vi na minha vida.

— Logo percebeu o erro: Espero que você não seja do canal... — disse.

— Em algum momento vou ser o gerente de programação. Meu plano é acabar com ele rapidamente. É a única coisa a fazer.

Vera apontou para a tela. A estrela tinha desaparecido.

— O roteiro dizia: "Por favor" et cetera. O personagem se contorcia e implorava. Ele não quis fazer. Disse que ia prejudicar sua imagem. E o pior de tudo é que se empenhou em colaborar com a nova orientação do personagem. Sabe o que o ouvi dizendo um dia? Que teve uma ideia ótima que *viu num filme*. Falou isso.

Um minuto depois saímos juntos de lá.

Eu morava sozinho e ela morava com um cachorro.

O cachorro se chamava Santo e ficou louco em meados de dezembro. Sua distração principal era perseguir meus pés pela casa, grunhindo como se eles não fizessem parte de mim. Me lembro de ter pensado que era um cachorro já bem crescido para esse tipo de brincadeira. Fora isso, seu comportamento era absolutamente normal; enquanto eu escrevia, ele ficava deitado a meus pés (*vigiando-os*, penso agora), reagia a ouvir seu nome, e à promessa de um passeio, latia com uma ansiedade muito parecida com a alegria. Numa tarde ele me viu nu e a partir daquele momento sua personalidade mudou. Vera fez uma careta quando contei para ela, mas tenho certeza de que foi aí que tudo começou. O próprio cachorro se encarregou de me informar; o jeito com que me olhou, mal erguendo a cabeça, quase que a tensionando, foi sempre a mesma desde então. Às vezes, à noite, latia dormindo, sem acordar; eram latidos suaves, homofílicos (o inconsciente dos cachorros está estruturado como um latido, sem dúvida) e, até certo ponto, comoventes. Depois se tornou extemporâneo e, por fim, perigoso.

Certa manhã, Vera e eu estávamos lendo juntos um jornal no jardim quando de repente notei que Santo passeava de um lado para outro, em câmera lenta, com a cabeça erguida. Pedi para Vera olhar para ele.

— Está caçando moscas — ela me disse.

Mas eu achei que ele estava fingindo. Outro dia, ao chegar em casa, surpreendi-o saltando no meio da sala, como se estivesse dançando. O curioso foi que não parou até bem depois de eu ter entrado. Achei que ele podia ter algum problema com o olfato. O veterinário fez alguns exames e disse que não. Uma semana depois, Vera e eu fomos comer um churrasco na casa de fim de semana de uns amigos e tivemos que levá-lo conosco porque já fazia alguns dias ele havia começado a destruir tapetes e poltronas e a derrubar luminárias em nossa ausência. Os filhos dos convidados nadavam na piscina (que tinha forma de rim) e de repente Santo, que até aquele momento estava descansando à sombra de um pinheiro, olhando fixamente para uma pata — nunca tinha visto um cachorro *se olhar* — se atirou na água e mordeu uma menina. Por um instante, os gritos da menina nos pareceram parte de uma brincadeira, mas o sangue dela tingiu rapidamente a água e todo mundo correu para socorrê-la enquanto Santo saía da piscina subindo degrau por degrau com passo firme, como se tivesse acabado de fazer algo justo e necessário. Percebi que não se sacudia. Era a primeira vez que via um cachorro sair da água sem se sacudir.

— Vera — disse a ela na volta —, ele dança, se olha, não se sacode... Esse cachorro está louco. Temos que fazer alguma coisa.

— Todo cachorro alguma vez já mordeu alguém — disse Vera. Ela o amava.

— Não estou dizendo que ele esteja louco porque mordeu uma menina. Estou dizendo que quando o pai da menina deu um chute no Santo, ele nem se mexeu: ele não está sentindo. Não está sentindo nada, Vera. Ele não sente medo. É desafiador, faz coisas estranhas.

Vera não disse nada, continuou dirigindo em silêncio por mais alguns minutos.

— Está bem — ela disse depois. E deu uma rápida olhada em Santo pelo espelho retrovisor: estava sentado como uma pessoa, sobre o rabo, com o olhar fixo em minha nuca. Durante toda a viagem tive medo de que ele me cravasse os dentes no pescoço, mas tive ainda mais medo de enfrentá-lo: se estivesse louco (e eu estava convencido disso), qualquer ordem minha, qualquer tom de autoridade com o qual me dirigisse a ele, qualquer gesto que fizesse para mostrar quem é que mandava ali, poderia ativar um ataque defensivo alucinatório, na medida em que já não havia nenhuma razão para pensar que ele distinguisse seu dono da mera carne. Eu mesmo faria qualquer coisa — inclusive morder — para me defender, caso um pedaço de carne me atacasse.

Já em casa, Vera colocou a coleira nele e o levou com ela. Tinha lágrimas nos olhos, mas chorava abertamente ao voltar, uma hora mais tarde. Deitou-se de barriga para baixo na cama. Vi que sua mão direita estava machucada e perguntei o que tinha acontecido, apesar de já imaginar. Entre soluços me disse que Santo a havia arranhado numa tentativa de se agarrar a ela, para resistir à injeção do veterinário. Prenderam o Santo entre cordas e correias, mas ele conseguiu tirar uma pata, que ela agarrou com as mãos. Em dez segundos já estava morto.

— Foi a coisa mais horrível que já vi na vida...

— Não tinha mais o que fazer — acariciei seu cabelo.

— É — disse Vera —, podíamos tê-lo abandonado no campo...

— Vera, os cachorros abandonados não têm futuro. E menos ainda se estão loucos. Teria sido atropelado por um carro, ou alguém ia estourar a cabeça dele com um tiro...

Mais choro.

No dia seguinte estávamos sozinhos. À tarde, Vera começou a se sentir melhor; até então, tinha permanecido sentada na frente do computador, corrigindo e escrevendo e corrigindo. Aquela primeira noite a sós, já na cama, me arrependi de ter dito que a demência de Santo disparou quando ele me viu nu. Para me fazer entender que queria sexo, Vera costumava virar suavemente para o meu lado, com os olhos abertos dirigidos aqui e acolá em zonas neutras do corpo, todas curiosamente localizadas na cabeça (a têmpora, o pômulo, o queixo), cruzava um braço sobre meu peito e pegava no meu ombro com a mão. Quando só queria dormir, o movimento era o mesmo, mas com os olhos fechados; o braço já não cruzava na altura do meu peito, mas um pouco mais para baixo, e a mão dela se encolhia e descansava sobre a cama, depois de mim, como uma aranha pós-nuclear, banhada pela radiação celeste da televisão. Naquela noite vimos um documentário sobre um ator pornô. Era um documentário sobre *o respeito*, de certa forma; uma dezena de mulheres que haviam trabalhado pelo menos uma vez com ele e que se referiam a seu membro alternadamente como "pau" ou "ferramenta" (oscilando entre a empresa e o fim de semana, para dizer de alguma maneira), e ao qual ofereciam todo tipo de qualificativos estéticos e morais: "amável", "nem um pouco egoísta" e "sempre firme e bem delineado" foram os que mais nos chamaram a atenção. Vera desligou a televisão e se virou suavemente para meu lado. Os olhos abertos, o olhar na minha têmpora, cruzou um braço sobre meu peito, mas a mão, a ponto de pegar no meu ombro, de repente se desviou e foi para o meio de minhas pernas. O mundo inteiro dormia. As taças pela metade, nas quais estávamos bebendo durante o filme um ponche de supermercado, transpiravam em cima dos criados-mudos. Soube que Vera acabava de se lembrar do meu comentário sobre o "motivo disparador" (uma expressão infinitamente superior a "pau" ou "ferramenta") da demência do Santo. Temi que ela me culpasse. Obviamente essa trivialidade, como qualquer outra na vida dos casais, podia acabar com nossa relação, se ficasse associada ao sexo. Nem a melhor das performances do "motivo disparador" seria suficiente dali por diante para reverter um rechaço de Vera. Foi um instante de temor interno e de imobilidade exterior quase total, porque estar com Vera era para mim algo que respingava o restante de meus sentimentos e de minhas atividades e aspirações futuras, como os esguichos de água de um pássaro que acaba de capturar algo na superfície de um rio e segue adiante sem parar.

Mas Vera, por sorte, não disse nada. Depois daquela breve vacilação (agora sei que devido à flacidez de meu próprio santo mais do que à possibilidade de me culpar pela demência do cachorro), beijou-me e acariciou-me até me ensurdecer.

No dia seguinte colocou numa sacola de lixo o cobertor do cachorro, a vasilha de alumínio onde ele bebia e comia, e um *Dicionário de sinônimos e antônimos* de capa dura completamente mastigado — fetiche favorito do cachorro e objeto de piada fácil para as visitas —, amarrou-a com um gesto firme, deixou-a na calçada e se sentou ao computador para trabalhar. Eu me levantava sempre bem mais cedo que Vera, às sete da manhã, e às vezes antes; ela saía pontualmente da cama às nove e meia. Tomava uma ducha e, ainda com o cabelo molhado, se sentava diante do PC. Naquela manhã eu tinha ido correr; estava fumando muito e senti que necessitava de uma dose de saúde. Corri das 7h às 7h09, e nunca mais na vida voltei a fazer aquilo. Fazia já duas horas que havia desabado em uma poltrona e continuava agitado, tentando me concentrar ora na leitura dos romances *A crônica dos Wapshot*, de John Cheever, e *O fim do caminho*, de John Barth, que tinha lido e gostado na juventude, quando Vera começou a recolher as coisas do cachorro.

— No mês que vem vou para a Espanha — disse.

Eu acabara de decidir que o combate daquela manhã não seria o meu último contra o cigarro e que não queria me enganar lutando toda a minha vida contra ele — uma daquelas decisões *sérias* que divertem os viciados e arrancam exclamações de admiração naqueles que se incomodam com a fumaça — e mesmo assim a notícia me surpreendeu.

— Meu agente organizou uma série de lançamentos do romance no México e em Barcelona...

— México?

— México? — repetiu.

— Você disse México...

— *Madri* e Barcelona. Preciso ir. É só uma semana... — acrescentou com certa culpa, como se o sentido do lapso "México" fosse que, além de ir para o lançamento do livro, iria também "para outro lugar", mesmo sem sair de Madri. Não me convidou para ir com ela; a ideia nem parecia ter lhe passado pela cabeça. Amarrou a sacola de lixo e foi levá-la para a calçada.

Passei os olhos pela casa até encontrar a mim mesmo no espelho da parede à minha frente. Estava sentado em uma poltrona, com as pernas estendidas em cima de uma banqueta, e contrastava fortemente com o despojamento e a elegância do espaço que se abria a meio metro de mim: estava com um livro aberto no colo e outro na mão; no braço esquerdo da poltrona estava meu celular e o controle remoto do aparelho de som, enquanto no direito equilibravam-se um cinzeiro, um maço de cigarros e um isqueiro; no encosto, estava pendurada a camiseta que eu havia tirado momentos antes; meus tênis estavam no chão, um deles emborcado e bem distante do outro. Olhando-me fiquei com a sensação exatamente contrária da que eu tinha ao ver Vera trabalhando. Ela se expandia. Apesar de não se mexer da sua cadeira durante horas, o que ela fazia era publicado, transmitido, filmado — *saía, se abria* — enquanto meu trabalho me afundava numa poltrona, para onde eram atraídas ou sugadas as coisas da casa — luminárias, mesas, móveis pesados — em um deslocamento imperceptível mas certo de que se aceleraria de repente para me esmagar e desaparecer comigo, como em um buraco negro.

Batizei isso de "Efeito México".

O ardor de Vera cobria o arco completo de cada dia, e às vezes continuava em sonhos ("Preciso dormir um pouco", disse uma noite, dormindo). Sentada em sua escrivaninha, trabalhava em uma nova novela ao meio-dia. Seus cafés da manhã eram frugais e heterogêneos: uma garrafa de água mineral com uma tangerina, ou um chá e um pote de queijo cremoso com o qual untava tiras de aipo nem sempre frescas o bastante. Depois saía, almoçava com outros roteiristas e trabalhava com eles até o meio da tarde, reunia-se com algum produtor ou com algum ator ou com algum editor ou com qualquer um com quem pudesse *fazer algo*, e voltava ao entardecer, tão cheia de energia como se tivesse acabado de despertar e sempre com alguma proposta para a noite: jantar fora, ir a uma festa, usar os ingressos de teatro que alguém tinha lhe dado, convidar alguém, ir visitar alguém... Fazia seis meses que estávamos juntos — eu mantinha meu apartamento de desquitado, apesar de praticamente viver com ela em sua casa —, e nos gostávamos de um jeito que não me atrevo a chamar nem de mágico nem de singular: estávamos, um para o outro, associados à felicidade; ante qualquer coisa que me fizesse feliz, eu pensava nela. Mais de uma vez ela me ligou só para me contar que estava se divertindo e que gostaria que eu estivesse lá. Não é algo que aconteça todos os dias. Em geral, as pessoas telefonam quando precisam de alguma coisa ou quando se sentem mal.

 Alguns dias antes de sua viagem fomos juntos a uma festa que acabou em incêndio, na casa de um cirurgião plástico, namorado de um dos roteiristas com os quais eu trabalhava, em uma casa no centro que parecia transportada (ou que parecia se transportar) para os confins da cidade. Chegamos perto da meia-noite. Vera estava contente, tinha imaginado uma nova história; sua alegria tinha um futuro. Estava linda, relaxada, sua voz brilhava junto com seus olhos. O olhar dos que se viraram para ela quando entramos se mantinha alguns segundos para além da mera curiosidade. Tinha colocado um vestido preto que dava a impressão de estar vivo e de se sentir tão cômodo com ela quanto ela com ele. Uki, o cirurgião — um quarentão inócuo com um sobrenome impronunciável que os pacientes o tinham substituído pelo próprio nome: dr. Uki — acompanhou-nos até o jardim, onde estavam as bebidas. Estava tocando uma espécie de techno world tão desconcertante que parecia enxertado. A grama se estendia uns vinte metros ao redor de um carvalho centenário. No fundo, sentada em um banco de pedra, uma garota chorava com o rosto entre as mãos, amparada por um homem de terno — sentado à sua esquerda, com o braço em seus ombros — e por um garoto de camisa florida e sandálias, acocorado à direita, com uma mão apoiada em seu joelho. Ninguém fazia caso deles. Havia umas cento e cinquenta pessoas, divididas em três categorias. Os profissionais — cirurgiões plásticos como o dono da casa, bronzeados e com roupas cuidadosamente escolhidas para a ocasião, em um estilo despojado, pateticamente juvenil, com o qual pretendiam lançar-se mais uma vez para fora do mundo — e seus pacientes também — senhoras de ambos os sexos que se olhavam e se exibiam umas para as outras ou para os demais, passeando orgulhosas pelo jardim como exemplos de perícia e precisão, às quais seus autores seguiam de esguelha, como se velassem por abstrações: a forma adequada, a função aceitável. Cada vez que Uki me apresentava um colega seu, eu me perguntava, ao lhe apertar a mão, quantos quilos de pele, gordura e silicone ele tinha extraído e aplicado em vinte ou trinta anos de carreira. Entre todos eles, somando os liftings, as lipoaspirações, abdominoplastias, as próteses mamárias, as ginecomastias, as lipectomias, as rinoplastias e chame como se chamarem as cirurgias de cintura, de glúteos, de olhos, deve ter sido removida uma montanha de matéria humana e colocado outra igualmente grande de matéria inorgânica feliz. O segundo grupo era menos impressionante porém mais reduzido, o das estrelas *públicas*: atores e um par de tenistas, um deles recentemente suspenso por dopping. Um ator famoso deu uma corridinha ao nos ver, cumprimentou-me com a mesma mão com a qual em seguida pegou no braço da Vera e a levou consigo. Foram ao encontro de uma garota pálida, séria e musculosa, com um vestido mínimo de seda cinza e uma taça vazia entre os dedos. A garota estava apoiada com o ombro no carvalho, mas se afastou para beijar Vera na bochecha, com um sorriso que até um minuto antes parecia incapaz de dar. Então, ao me virar para aceitar as desculpas de alguém que acabava de esbarrar em mim — o próprio Uki, que estava indo receber outro casal —, vejo o Sujatovich me acenando. Lá estava a terceira categoria: os roteiristas de televisão.

O roteirista de uma telenovela diária é um ser relativamente esperto que se descadeira digitando para *o ar*. Se não fosse o fato de se costumar a faturar alto, o caráter intranscendente de seu esforço o faria enlouquecer na mesma medida em que o desespero por chegar às massas atrofia seu senso de humor; isso se ele tivesse algum antes de se lançar às aventuras; o sucesso — a composição da fórmula do sucesso, cada vez mais conhecida e melhor articulada por um punhado de empresas de criação da tribo dos adoradores do Mesmo — é sua única satisfação além do dinheiro, apesar de não receber dele nada além de uma dose bem pequena (uma dose de tapinhas nas costas durante um encontro casual no corredor), pelo que se ressente e, paradoxalmente, começa a acreditar no que faz: foi *sua* qualidade que produziu *essa* quantidade de espectadores, de segundos de publicidade. De modo que nem humor nem raiva e muita fé. Há exceções, é claro, e Sujatovich era uma delas. Vera também. Eu tinha trabalhado com Sujatovich alguns anos antes e nos conhecíamos muito bem. Mas por desgraça ele não estava sozinho. Estava com Trini, meu companheiro de trabalho daquela temporada e namorado de Uki. Nos odiávamos. Eu não era melhor pessoa do que ele, mas ao menos sabia rir. Uns meses atrás um produtor do canal tinha imaginado que Trini e eu, trabalhando juntos, poderíamos fazer um *grande* programa, e era isso ou nada. Disse que nos odiávamos e devo acrescentar que tanto ele quanto eu tínhamos certeza de que o outro nem desconfiava. Até aquela noite.

— Como vai o artista? — me disse.

Assenti com a cabeça e perguntei a ele se não achava que estava ficando com as tetinhas um pouco caídas. Falei com o mesmo sorriso provocativo de sempre, o único que possibilitava uma conversa entre nós. E então, surpreendentemente, Trini levou o braço para trás e o descarregou com todas suas forças em meu nariz. *Senti* que tinha quebrado. Enquanto retrocedia — cambaleando —, entendi que ele tinha me convidado para a festa do namorado apenas para ter a oportunidade de me bater, e concentrei toda minha atenção para evitar que a minha taça caísse das mãos. Foi tudo muito rápido, mas tive tempo inclusive de dar uma olhada na região do carvalho em busca da Vera; a garota pálida de vestido cinza tinha presenciado o soco, sem dúvida, olhando por cima do ombro de Vera, que estava de costas para mim, mas não disse nada. Ninguém mais parecia ter notado o incidente, além da garota e de Sujatovich, que deu um longo passo para a frente e me pegou pelo braço, impedindo que eu caísse. Voltei para perto de Trini.

— Não queria dividir sua cocaína comigo, é isso? — disse a ele.

Trini tirou um lenço do bolso de trás da calça e me ofereceu; parecia alterado. Estava alterado.

— Me desculpe, eu te juro que não sei o que me deu... — disse. — Você está bem?

— Estou melhor.

Sujatovich, que era um tremendo conversador, estava tremendamente mudo. Olhei para a borboleta de sangue que eu tinha deixado no lenço de Trini e o devolvi. Meu nariz estava anestesiado. Trini me pediu para acompanhá-lo até a casa; agora, pelo visto, achava que éramos amigos. Nos sentamos em poltronas frente a frente, em uma sala do andar de cima. Ele me disse que já não estava bem com Uki, que Uki era velho demais para ele, que ele e Uki não saíam quase nunca, que Uki preferia ficar em casa assistindo a filmes, que ele "sonhava" com uma vida com "mais movimento" e que Uki — finalmente disse — tinha aids. Trini tinha feito um teste duas semanas antes; o resultado deu negativo, mas estava assustado. Perguntei a ele quanto tempo fazia que eles sabiam. Disse que um mês. Olhei para ele. Agora que o homem que o amava tinha aids, de repente era "velho e chato". Disse a ele que ia buscar bebida. Caminhei pelo corredor até a escada. De lá, quando já começava a descer, vi que Vera e a garota do vestido cinza estavam entrando na sala do térreo rindo e conversando animadamente. Depois de procurá-las durante alguns minutos, encontrei-as na biblioteca. A garota segurava um livro aberto maior que seu vestido; Vera se inclinava sobre o livro, roçando o braço da garota com o dela. Aproximei-me.

Sempre me chamou a atenção a facilidade com que Vera absorvia as surpresas; dessa vez o que me chamou a atenção foi a desfaçatez com que a garota exagerou a dela. Se pudesse me reduzir a pó, teria feito.

— Ah — disse com tom de pena —, o namorado...

Antes de fechar o livro, consegui ver a foto de uma mulher nua — ou a nudez de uma mulher — que puxava um mamilo com dois dedos. Vera me perguntou onde eu estava e, sem esperar minha resposta, apresentou-me a garota. Chamava-se Trixie. Devia ter uns vinte e cinco anos. Inclinei a cabeça; ela devolveu o cumprimento erguendo o queixo. Depois me deu as costas e foi deixar o livro em cima de uma mesa. Vera virou-se para ela.

— Queria que ele visse também — disse-lhe.

Trixie voltou com o livro. Nunca tinha ouvido falar dela nem de suas fotos, se é que existe alguém que fale de fotos. Era uma edição cara, a garota devia ter algo além de um nome, dinheiro talvez. Passei algumas páginas, demorando por educação alguns segundos a mais do que teria desejado em cada foto: luz kitsch e poses rebuscadas.

— Não estão sentindo um cheiro de... queimado? — disse, e aproveitei para fechar o livro.

— São boas, né? — perguntou-me Vera.

Disse que sim. A garota deixou o livro em cima da mesa e voltou conosco cheirando o ar. Mas a tensão nas ventas de seu nariz, *todo* seu nariz, estava dirigida para Vera, como em um jogo microscópico e ao mesmo tempo ostensivo montado sobre meu comentário ao fechar seu livro. Vera sorriu e abaixou a cabeça; o gesto não me ofendeu pela cumplicidade, mas pela enorme estupidez. Meu sangue gelou. E então se ouviu um grito e o barulho de um vidro que acabara de quebrar. Agarrei Vera pelo braço e descemos a escada correndo. As pessoas se atropelavam ao sair do jardim. Alguns, ainda indecisos entre o medo e a curiosidade, voltavam-se sobre os calcanhares no meio da sala procurando com o olhar a origem do fogo, enquanto outros seguiam adiante. Como sempre que há algum tipo de perigo, Julián me surgiu à mente. Naquele momento, estava dormindo. Diana também estava dormindo. As duas pessoas que mais me amavam estavam dormindo enquanto eu abria caminho desesperadamente para a saída, levando pela mão a única mulher do mundo que era capaz de me matar.

5

Vera tinha ido por uma semana mas acabou ficando três. De repente (bem de repente) seus e-mails foram ficando estranhos, forçados, informativos e cheios de descrições sem interesse, como mais para cobrir uma espécie de "espaço regulamentar amoroso" do que porque estivesse com vontade de me contar alguma coisa. Em nenhum deles especificou o dia e a hora da volta, de modo que não fui buscá-la no aeroporto. Soube que tinha chegado porque ligou para o meu apartamento para me dizer que já estava em casa. Fui em seguida. Tinha sentido saudades dela. Entrei usando minha cópia da chave e a encontrei sentada na cama, mexendo em uns papéis; estava com o cabelo molhado e tinha vestido um jogging curto azul de plush; sua mala de viagem estava aberta no chão. No mesmo instante em que cheguei, tocou o telefone e ela *atendeu*. Entre uma palavra sua e outra, nos beijamos nos lábios: estava falando com a mãe; conforme o que estavam dizendo, era a segunda vez que se falavam. De forma que antes de me ligar ela tinha tomado banho, trocado de roupa e falado com a mãe.

— Como você está? — me disse depois, quando desligou, sem se levantar da cama.

Me sentei ao seu lado, abracei-a e disse que tinha sentido falta dela, algo que já tinha dito muitas vezes por e-mail, ao que ela respondeu com um desapaixonado: "Eu também". Depois ajeitou a cabeça entre meu ombro e meu pescoço, *deixou-a cair* entre meu pescoço e meu ombro, e ficamos um momento calados, com os corações batendo em velocidade diferente. Tinha muita vontade de estar com ela, havia imaginado que quando ela voltasse eu entraria e, ao nos vermos, *trombaríamos* e cairíamos nos beijando e tirando a roupa em cima da cama, ou no chão, ou em cima da mesa. Nada disso. Sem desgrudar a bochecha do meu ombro ela me fez um resumo informativo da viagem, e só se separou de mim para me olhar enquanto eu lhe contava, para responder uma pergunta dela, como tinha passado. Minha própria voz me soava alheia. Interrompi-me.

— Está acontecendo alguma coisa, Vera?

Vera negou em silêncio, com o típico sorriso cansado dos viajantes que não têm nada a esconder. Ligamos para um delivery de comida chinesa, almoçamos trocando frases curtas e Vera, enquanto eu escrevia um capítulo do programa, dormiu uma hora no sofá e outras duas na cama, entre papéis e roupa bagunçada. Depois vestiu um biquíni e foi para o jardim para ler o jornal ao sol. Eu me sentei numa cadeira ali perto e olhei para ela. Acomodada numa espreguiçadeira, com o jornal aberto na altura do rosto, mantinha as pernas flexionadas e *abertas*. E então percebi que já não me amava. Não era uma mulher envergonhada, muito pelo contrário, mas sim muito galante, e muitíssimo vaidosa; uma dessas mulheres às quais basta ser olhadas para serem feridas, e que se prepararam a tal ponto para o olhar dos outros que até o corpo se altera, do mesmo jeito que o peito de um advogado se encolhe ou as coxas de um nadador se dilatam. Estava pálida, não tinha se depilado, nunca teria se mostrado dessa forma se me amasse; nunca umas pernas tinham me feito sentir tão solitário.

Uma hora depois, quando saiu para se encontrar com a mãe, abri a caderneta onde anota as coisas que podem lhe servir para o trabalho — frases ditas por outros, esqueletos de argumentos, ossos soltos de alguma história, coisas vagas e promissoras, e percebi que nas folhas correspondentes à estadia na Espanha não havia nenhum daqueles desenhos com os quais ela costuma se entreter enquanto fala pelo telefone ou com os quais preenche suas próprias pausas enquanto escreve ou pensa: rostos de mulheres com a mesma boca e os mesmos olhos, uma expressão idealizada de si mesma, na qual aumenta o peso de seu cabelo e faz o nariz desaparecer. Não era um dado significativo, na medida em que não tinha ido para escrever nem tinha razões para manter longas conversas telefônicas com ninguém, mas uma coisa é imaginar a atividade de alguém durante uma viagem — inclusive em suas horas mortas, seus momentos de cansaço ou de tédio, por mais breves que sejam — e outra bem diferente é vê-la à luz de um reencontro frio, uma luz da qual todo o calor se dissipou.

Desabei numa poltrona. Ao fundo, ouviam-se os gritos abafados de uns jogadores de tênis na televisão que Vera tinha ligado um momento antes de sair. Não sou mais moderno que ninguém, mas a verdade é que não me afeta nem um pouco a possibilidade ou o fato de que alguém de quem eu gosto (eu gosto de quem eu amo) dê uma transadinha com um desconhecido na primeira esquina; e, claro, é uma das coisas que não faz a menor falta dizer ou perguntar. O gesto de cumplicidade com Trixie na festa aplaudia sua vulgaridade, fazendo-me indigno de sentir o que eu sentia; não teria me doído *saber* que foram para cama. Talvez tenham ido, em algum encontro furtivo antes da viagem. Não importa. Aquela noite vi *através* do gesto uma Vera diferente, capaz de uma frieza tão grande quanto meu amor por ela; me lembro de ter pensado que ela era uma dessas mulheres das quais é melhor se manter afastado, mas que já era tarde demais para mim. Agora não tinha a menor dúvida de que não se tratava só de sexo. E mesmo com o altíssimo percentual de certeza com que um tenista sabe que receberá a bola no contrapé, entendi que ia sofrer.

Naquela noite saímos para tomar uma dose e voltei a lhe perguntar o que tinha acontecido. Fui um pouco mais específico dessa vez, mas a única coisa que consegui foi que ela fizesse cara de paisagem.

Na volta, fizemos amor sem alegria e sem curiosidade, e cada qual dormiu do seu lado da cama, como se todas as perguntas já tivessem sido respondidas e um culpasse o outro pela falta de intriga. Ela me contaria na tarde seguinte. "Tinha conhecido alguém" e "estava tendo *algo*" com ele. Pois bem, me disse, assim começa a verdadeira dor, com alguns dados e um nome real.

Saí da casa dela aturdido. Vejo a mim mesmo cambaleando, ou invadido pela sensação de que cambalearia de uma hora para outra. Naquela tarde, Julián ia trabalhar em uma peça de teatro na escola. Parei um táxi.

A escola de Julián fica a cinco quarteirões daquela que antes *foi* minha casa. Enquanto o rádio do carro tocava um pop chatinho, sorri pensando no quanto gostava de ir pegá-lo e caminhar com ele. Isso era algo que eu teria para sempre; mesmo que em algum momento ele já não quisesse mais caminhar comigo, eu sempre ia querer caminhar com ele. Fazíamos piadas e contávamos coisas um para o outro, e Julián encontrava sempre um jeito diferente de me provocar (durante toda uma semana tentou me fazer cair passando seu pé atrás dos meus).

Mas este era um dia especial: Julián vai atuar numa peça de teatro. Desde que me mostrou o texto, na semana passada, esperei por este momento, porque Julián tem medo de ir mal, já que é novo na escola: Diana e eu o trocamos de escola no começo do ano, e ele ainda não está suficientemente familiarizado para se sentir seguro. Por outro lado, sei que morre de vontade de que eu o veja atuando.

Cada vez que chego na escola, tenho a impressão de estar entregando meu filho nas mãos de qualquer um. Antes de matriculá-lo nessa escola, uma escola francesa, Diana e eu fizemos uma pesquisa bem exaustiva nas escolas da região, lemos e pensamos na sua metodologia de ensino e na orientação de cada uma delas, e levamos em conta todos os detalhes. Mais nada foi suficientemente bom. A dona da escola é uma advogada com uma cirurgia monstruosa no nariz. O diretor é um acomodado, um burocrata que só se emociona com a tramitação dos papéis. Todos fazem um grande esforço para serem simpáticos. Olho para as mães e os pais dos coleguinhas de Julián e novamente fico de cabelo em pé: são amargos, prepotentes, *endinheirados*, incultos, fanfarrões, infelizes e bem-sucedidos.

Me consolo pensando que os filhos deles ainda não se parecem com eles, embora logo devam ficar parecidos. Penso também na possibilidade de trocar novamente Julián de escola. Esta é a segunda escola em sua breve carreira de estudante. Não sei, talvez uma escola nova seja demais. Como foi que nos enganamos desse jeito? Já nos enganamos antes e mais uma vez Julián terá que pagar o preço. Até o momento, ele está indo muito bem. (Às vezes, vendo-o brincar; sozinho ou com outros garotos, sinto uma alegria imensa ao notar que ele é muito melhor que eu.)

Me mantenho o mais longe possível dos pais dos amigos dele, até que algum capacho da direção da escola vir dando um tapinha nas costas nos convidando para entrar no salão onde montaram o palco. Diana não poderá vir, por questões de trabalho. Julián já sabe, mas mesmo assim está contente por saber que estarei lá. Nesta manhã, enquanto estávamos indo à escola, percebi pela primeira vez uma certa falta de harmonia ou de fluência no tratamento, e entendi que aquilo tinha a ver com o fato impecavelmente assustador de que já faz bastante tempo que eu não moro com ele: a perda do cotidiano traduz-se em uma espécie de ansiedade geral encoberta, na qual, buscando recuperar o tempo que não passamos juntos, nos afundamos.

Os pais ocupam seus lugares estrepitosamente. O palco está às escuras. De um lado a outro há grupos de pequenos atores nas sombras. De um momento a outro a luz se acenderá e eu poderei reconhecer Julián. Ele me procurará com os olhos até me encontrar. Me cumprimentará com a mão. E para ter certeza de que o vi, esperará que eu devolva o cumprimento. Isso o fará se sentir um pouco mais tranquilo. Se eu consegui ir embora da casa dele, por que não conseguiria ir embora da escola?

Adorava botar ele para dormir. A primeira coisa que fazia a cada manhã ao acordar era ir vê-lo. Muitas vezes almoço e janto em restaurantes e meus olhos ficam cheios de água pensando o quanto gostaria de comer com ele, ou cozinhar para ele. Acontece a mesma coisa quando assisto na televisão algum desenho ou programa que ele gostaria de assistir comigo, ou eu com ele. Desde que Diana e eu nos separamos, quase não comi dois dias seguidos no mesmo horário. A cada anoitecer penso se ele já terá tomado banho, se já terá vestido o pijama e se não estará sentindo falta de que eu esteja lá.

Estou aqui.

O Julián me vê, levanta a mão e me cumprimenta. Estou aqui. Ainda assim, ele continuará me procurando com o olhar de quando em quando. E em algum momento caminhará até o meio do palco e dirá uma frase que me fará chorar.

Naquele momento, ouviu-se um trovão e me veio à memória minha primeira noite sem Diana. Tinha saído para caminhar, não era tarde mas a rua tinha pouco movimento e a escuridão parecia de outra hora. Quinze ou vinte minutos depois passei por um clube de bairro que era metade restaurante e metade salão de baile. Estava com fome e entrei.

Naquele momento, na pista de dança, estava um grupo de seis pessoas, quatro homens e duas mulheres, de meia-idade, reunidos em torno do nada, quer dizer, sentados em círculo, todos com folhas ou cadernos nas mãos. Ocupei uma das mesas que avançavam sobre a pista, em parte para evitar o barulho do restaurante e em parte porque estava esperando que em alguns instantes o grupo se fraturasse (em casais) e começassem a dançar: calculei que a música ia me incomodar menos do que a televisão e a gritaria do restaurante. Em seguida, percebi que não eram dançarinos e sim poetas e que nas folhas e nos cadernos não tinham traçado coreografias e sim versos. Discutiam. Antes de o garçom vir me atender já tinham citado todo o grande merengue da literatura latino-americana, com Neruda e Benedetti na liderança. Sobre o que discutiam não estava claro. Por vezes, davam a impressão de discutir o poema de um deles, noutros momentos pareciam investir contra o autor, um homem de camisa vermelha. Ele tinha as mesmas sobrancelhas da Frida Kahlo e a mesma barriga do Diego Rivera, mas não os óculos de Trótski. Ele enxergava muito bem. Enquanto os outros o destruíam, ele mantinha o olhar fixo em um ponto ao longe. As costas rígidas, o queixo erguido. Olhei para onde ele estava olhando e vi um dos garçons do restaurante, um homenzinho pequeno, grisalho, meio calvo, que segurava a bandeja entre as pernas e apalpava o corpo à procura de algo. Procurava desesperadamente. Pensei que tivesse perdido a carteira. Por fim, tirou algo de uma meia: não sei o que era, era um papelzinho, olhou-o, voltou a guardá-lo (na mesma meia) e retornou aliviado para o restaurante. O poeta continuou olhando para lá, embora a cena que lhe servia de desculpa, a desculpa que lhe permitia manter a dignidade indiferente de sua postura, tivesse acabado: agora não restava mais que a parede, um fundo vazio sobre o qual os outros o acossavam, o acossavam com força, com argumentos, sem perícia mas com zelo, com impaciência de mestre, em uma cascata de tons entrelaçados que se montavam a si mesmos para sair provocando. Até que se ouviu um trovão e a luz do salão passou do branco ao amarelo. Houve um segundo trovão e um terceiro trovão e um décimo trovão e em momento algum choveu. Apenas uma brisa leve fez bater uma persiana ao longe. Os poetas se olharam como se nunca tivessem ouvido trovões como aqueles. Correu um ar de realismo mágico de arrepiar a pele, mas os reparos ao poema só se esgotaram depois dos trovões. Então o poeta de camisa vermelha disse com a voz tranquila: "Que tal irmos comer?", e levantou-se sem se levantar: fez um movimento com a cabeça, mudou a respiração, relaxou as costas e na soma daqueles gestos deu a impressão de ter se levantado, de ter ido embora e se esquecido de tudo, mas não se moveu de lá, enquanto os demais ficaram em pé e abandonaram estrepitosamente o salão.

Lembro da dor daquele dia como se fosse a dor de todo um ano e, ao mesmo tempo, sem qualquer distância. Entrei e saí da casa muitas vezes; caminhei como um possuído, implorando que o dia terminasse de uma vez por todas. Cada vez que entrava, fazia uma tentativa de escrever. Não escrevi nunca nada. Finalmente, à meia-noite, dormi duas horas. Havia um silêncio mortal, em sonhos e também ao acordar.

Olhei para fora, as seis janelas do prédio da frente estavam escuras. Em cima de uma delas havia uma placa de vende-se. A árvore do outro lado da rua estava com a metade das folhas verde e a outra metade amarela. Uma folha verde, uma folha amarela. Assim que abriram as lojas, comprei frutas e passei a manhã comendo bananas e maçãs e olhando para as pessoas que passavam pela calçada em frente, ou curvado sobre mim mesmo. Fui à primeira sessão de cinema e assisti a um filme do Gus Van Sant. Não li, não pensei em ler; chamou-me a atenção como ler deixou de ser um consolo. Por outro lado, nunca foi um consolo. O que aconteceu? Como foi possível que…? Eu era forte e logo era fraco, eu era feliz e de repente era um desgraçado, estava cheio de ideias e de repente não tinha nenhuma. Até que ponto Vera era *tudo* para mim? Disse-me que "se eu resistir e não me abandonar, vou ganhar a força de dois homens", mas não acreditei em mim. Talvez, se resistisse e não me abandonasse, fosse sofrer com a força de dois homens. Por outro lado, o que é resistir? Resistir à dor? E como é possível *não resistir* à dor? Isso é o que todos fazemos.

Arrastei-me pela sala como um verme, como um homem lógico a quem acabam de proibir de se sentir nas estrelas. Até que o vizinho do apartamento da frente bateu na minha porta; um homem miúdo, com muito cabelo e aspecto de careca.

— Oi... Olha, minha mulher e eu estamos comendo com as crianças e... não sei se você me entende — me disse em um tom que pretendia ser amistoso sem perder a severidade e me olhando de cima a baixo, como se tivesse se surpreendido de me encontrar vestido.

Entendi.

— Não estou transando, estou chorando — disse a ele. — Mas está bem, vou tentar não gritar.

O homenzinho vacilou e eu fechei a porta, fechei-a bem devagar; tinha me parecido muito menor agora do que quando abri a porta, cinco segundos antes, e fiquei com medo de que uma batida muito forte na porta, ou mesmo uma batida normal, pudesse expulsá-lo pelo ar até a casa dele.

Que ele tivesse confundido meus soluços com gemidos fez eu me sentir melhor. Eu também tinha confundido os "eu te amo" de Vera com a verdade. O problema é que eu não os *distinguia*. E, nesse sentido, *eram* iguais. A menos que Vera tivesse sentido que *minha* Vera, aquela a quem eu amaria, era ou seria aquela. No fim das contas, é uma das operações do amor: fazer coincidir a própria imagem com a imagem de alguém que acreditamos que ama o outro.

Em seguida, descartei a ideia. Mas como era possível que tivesse sido tão brutal comigo? Fazendo-me essa pergunta fiquei com a sensação de estar do lado do menino que fui na idade que meu filho agora tinha. O menino que fui me aprova, apesar de eu sentir pena dele, como se o adulto que sou tivesse estado ao lado dele desde sempre e houvesse lhe prometido algo que no fim das contas não cumpri: ser feliz.

Aquilo era algo que não podia descartar. E então, de repente, soube — não quando nem como, mas soube — que ela ia voltar. Vera ia voltar.

6

Trini (na verdade, ele se chamava Gustavo Adolfo Bécquer — poeta que seu pai admirava sem necessidade, já que não era descendente dele — e a quem sua mãe, horrorizada pela escolha do nome, rebatizou como

Trini, transformando-o em viado) tinha deixado o dr. Uki — que agora, além de aidético, velho e chato, tinha a metade da casa incendiada — e havia começado a sair com um escultor maldito de baixa estatura, de ombros largos, de sobrenome Nudler, que fazia dragões com dejetos metálicos industriais. Eu o vi fugazmente quando cheguei à casa de Trini para montar a estrutura dos próximos capítulos do programa; ele estava saindo, e a olhada radiográfica que me deu quando nos cruzamos na porta trouxe um aviso carregado de desprezo por mim, por Trini e até por ele mesmo: "Enquanto eu não encontro nada melhor, quem come essa bicha aqui sou eu, está certo?". Suas mãos estavam queimadas pela solda, e a marca branca da máscara de proteção cobria metade de seu rosto, mas Trini parecia entusiasmado. Nudler tinha deixado no meio da sala dele um dragão de ferro, metal e arame retorcido de mais de um metro de altura por dois de largura.

— Você não acha lindo? — perguntou-me.

— Acho... O que me chama a atenção é ele fazer dragões, porque um dragão sem fogo... não é? Não seria melhor ele fazer dinossauros?

— Bah! — disse ele, e *já* deixou o copo de tônica no dorso da escultura. Percebi que ela tinha uma asa quebrada.

— Foram os imbecis da transportadora — disse Trini. — Um dos carregadores enfiou um arame na mão e acabou soltando a escultura. Marcos (Nudler) ficou com tanta raiva que deu medo. Te juro que nunca na vida ninguém me comeu daquele jeito.

Trabalhamos por algumas horas. Depois fui com Julián assistir a *King Kong*, levei-o para casa, troquei algumas palavras com a empregada, jantei em um restaurante do centro, voltei para o apartamento, abri as persianas, perambulei de um lado para outro — parando de quando em quando para apoiar a ponta dos dedos na mesa, como se eu estivesse muito cansado e ao mesmo tempo fosse leve o bastante para apoiar os dedos para me sustentar —, saí, comprei uma garrafa de vodca, voltei, tomei um copo com gelo, saí de novo, caminhei, entrei num bar, tomei outra vodca, voltei para casa, assisti televisão, tomei uma ducha, fechei as persianas, li meia página de *A voz humana* do Cocteau, coloquei um disco, me larguei na cama para esperar amanhecer. Amanheceu. Levantei-me, abri a persiana, fiquei um momento lá parado, nu, olhando para fora. Tinha lágrimas até nos dedos dos pés.

E como é que ele era? Vera tinha me falado que era CEO de alguma empresa. Meu Deus, Vera namorando com um CEO... Provavelmente esse "amor" não fosse nada além de um desvio do otimismo, mas a verdade é que lá estava o CEO (Centro de Extração de Ovários), lambendo os beiços com a lembrança dos dias e das noites que passou com ela e a esperando voltar.

Vera e eu tínhamos nos conhecido *de repente*, assim eu não sabia de que tipo de homem ela gostava, além de mim mesmo — se é que gostava de um "tipo de homem" —, mas tinha visto fotos de um de seus namorados anteriores, ela tinha falado um pouco sobre ele, alguma vez tínhamos cruzado com outro e, decididamente, eu não me encaixava no "perfil". Eram feios e sérios; uma feiura que não tinha nada a ver com o contrário do cânone ocidental da beleza masculina e sim com as regras manuscritas da besteira de bairro, e sérios no sentido de que davam a impressão de passarem tardes inteiras escutando Tchaikovsky, tomando mate e pensando, além de mostrar que são pessoas que *sabem* se divertir. Eu tinha dificuldade em imaginar Vera nos braços de caras como aqueles, previsíveis, portadores de uma irreverência sensata, de uma inteligência inflamada, progressistas, claro, e relativamente jovens (meio ponto a favor), a menos que, por razões que me escapam, tenha sentido o impulso de fincar a bandeirinha em um mundo alheio. Não conseguia entendê-la, e isso me desconcertava. Um CEO tinha conseguido que eu a perdesse. As mulheres de uma tribo de Katmandu têm a capacidade de acompanhar mentalmente as evoluções de seus homens a cada vez que eles entram nas perigosas montanhas selvagens em busca de alimentos; às vezes, na aldeia, de repente uma mulher começa a chorar; dias depois, quando os caçadores regressam, seu homem não está entre eles. Assim eu a acompanhava; e de um dia para outro eu a perdi, já não sabia onde estava. "Terrível sensação", como disse Trini naquela noite na festa, antes de me contar que era um covarde.

Eu também era covarde. Já tinha dado tudo a ela, menos o que Vera me pedia. Nunca terminei de me instalar em sua casa, por exemplo, e jamais fazia planos para além do dia seguinte e (acredito que é uma boa causa) deixei deslizar uma tarde minha negativa de ter um filho com ela, apesar de alguma outra vez ter dito que sim; um filho que não nascerá se impõe a um filho que não nasceu. Sem dúvida, o Centro de Extração de Ovários teria prometido a ela uma tribo de crianças loiras e barulhentas. E mais: Vera, como Diana, adora visitar outros países, e eu detesto aviões. Nunca viajaria com ela? Hum, só até onde desse para ir de carro. Mais: Vera gosta de se encontrar com os amigos, sair com pessoas, ir a festas, e eu prefiro ficar sozinho. E mais: Vera — embora não tanto quanto Diana — não tem medo de nada, e eu tenho medo de tudo, desde a dor até a velocidade e desde o mar até a loucura. De modo que nos últimos meses flutuava no ar a ideia de que "não íamos chegar a lugar algum" (os filhos já não são seres que *se trazem* e sim lugares aos quais *se chega*, como as pirâmides do Egito) ou "nosso caso não ia dar frutos" (uma casa, uma conta bancária conjunta), que são as coisas que a imensa maioria quer, ou procura, ou pretende (mesmo os melhores da nossa espécie, em geral depois de um banho). O que é a experiência, o que é uma ideia, o que são a energia e o saber e o crescimento e a contemplação ao lado dessa viagem rumo às coisas, o que é futuro se no presente não há *algo* onde se apoiar? O que eu oferecia a ela? Minha curiosidade por ela, minha curiosidade pelo que Vera fazia a cada momento era enorme; eu tinha submergido nela — poderia fazê-la transbordar de si mesma com um pouco mais de oxigênio —, mas não em *nossa* relação, e via — e ouvia, mesmo que distorcida, com uma voz ilógica — os objetos de seu interesse, a corrente de seus desejos, que me incluíam e que não eram possíveis sem mim.

Longe demais dela para oferecer o que ela pedia, profundo demais nela para trazer nas mãos algo real.

— O Osho é que está certo: os macacos fizeram muitíssimo mais que nós — disse o Gerente de Programação, abrindo os braços em cima da mesa de reuniões para abarcar todos nós, Trini, eu e os três roteiristas de diálogo. — Os macacos inventaram o homem. E o que nós fizemos? A televisão!

Foi a última coisa que ouvi. Quando abri de novo os olhos estava estendido no chão. Uma secretária estava medindo minha pulsação. Os roteiristas tinham se juntado num canto; eram os que menos ganhavam e os que mais trabalhavam, os que tinham menos responsabilidades e os que mais facilmente poderiam ser substituídos. Senti uma pena injustificada e enorme deles, que não tinham nem voz nem voto e que dependiam até da minha saúde. Trini estava ajoelhado a meu lado; dava tapinhas na minha bochecha com sua mão perfumada.

— O que está acontecendo com o médico que não chega? — dizia o Gerente de Programação para alguém que eu não conseguia ver.

— Não se preocupa, eu preciso é dormir, estou bem...

— Não fale nada — me disse Trini. Era dos que acreditavam que as palavras nos empurram para a morte.

Retirei a boneca que a secretária prendia no crachá antes que ela terminasse de contar minha pulsação — poderia ter contado durante quinze segundos e multiplicar o resultado por quatro, mas era secretária do gerente de uma arte linear —, apoiei-me em um cotovelo e consegui sentar. A cabeça rodava, mas começava a parar. Disse:

— O Osho...

— Fica quieto, fica quieto.

— ... diz alguma coisa sobre desmaio?

Os roteiristas baixaram os olhos, com vontade de rir. Eu não era muito mais corajoso que eles, mas sim consciente de que o desmaio pressupunha um excesso de trabalho e dedicação e que isso me dava certa margem de impunidade. Por outro lado, o Gerente de Programação gostava de mim, não sei por quê. Acho que se divertia comigo quase o mesmo tanto que eu me divertia com ele. Era um dos caras mais ignorantes e despreocupados que eu já tinha conhecido na vida (uma espécie de Ozzy Osbourne careca), mas me fazia dar risada como ninguém com seu humor rançoso e sua agudeza em captar e satisfazer os anseios do "público". Claro que nunca, até agora, eu tinha me metido com Osho, sua nova religião. Ele me deu o livro.

— Toma, pode levar.

Era *O livro das crianças*.

— É aqui que ele fala dos macacos — perguntei surpreso.

— Leia e depois conversamos.

— Fala de televisão? — insisti.

— Não, de televisão quem fala sou eu.

— De quem é a história da televisão? — repeti.

— Minha — miou ele e virou-se para a secretária. — Onde você foi chamar o médico, na China?

Incrivelmente o médico que entrou era chinês. Diagnóstico: esgotamento, queda de pressão. Remédio: Efortil, repouso. Quinze minutos depois, quando senti que era novamente capaz de andar em linha reta, entrei num táxi que haviam chamado para mim e fui para casa. O Gerente de Programação liberou Trini para me acompanhar e se fechou com os roteiristas.

— Quer que eu chame a Vera? — me disse Trini.

— A Vera me deixou.

— Como?!

— Por que tanta surpresa? Você abandonou um homem doente de verdade.

— Juro que sempre pensei que vocês eram feitos um para o outro... Não acredito.

Não deixei ele subir para minha casa. O idiota tinha começado a se sentir culpado pelo soco que me deu na festa de Uki. "Te devo um soco", ele me disse. Garanti a ele que nunca iria cobrá-lo. Sorriu como se não perdesse as esperanças e, enquanto eu fechava a porta de entrada do prédio, me cumprimentou com uma mão e com a outra atendeu uma ligação: o dragão, talvez. Ou o próprio escultor.

E então, de repente, não aconteceu nada.

Creio que flutuei no tempo (nada mais nada menos que umas seis ou sete horas), sentado em uma poltrona, com o olhar perdido em um ponto no ar, até que a voz de um homem que estava gritando com alguém no prédio em frente me tirou do transe. Eram onze da noite. Esquentei as sobras do almoço, engoli e me joguei na cama. Fazia três ou quatro dias que eu não dormia. À meia-noite voltei a ligar a luz e assisti a desenhos animados até começar a pescar; quando acordei já era uma da manhã. Tinha dormido dez minutos. Estava furioso. Levantei-me e tomei um copo inteiro de vodca sem gelo e me joguei na cama como se estivesse jogando um outro, inclusive resistindo ao meu empurrão. Às quatro da manhã não aguentava mais: me vesti, saí do apartamento e caminhei a passos rápidos, quase correndo, até a casa da Vera, a dez quarteirões dali.

Não usei minha cópia das chaves, que trazia comigo; toquei a campainha até o olho mágico se iluminar. Um momento antes de acontecer isso, lembrei-me de uma frase de Arguedas que havia lido uns trinta anos antes pela primeira e única vez e que tinha sepultado e esquecido: "O sol pinta ao pé da porta sua linha de ouro". Disse a mim mesmo que tinha que contar isso a Vera, que ela ia achar engraçado; mas quando ela abriu a porta, a única coisa que fiz foi me deixar ir sobre seu corpo, com os braços caídos. Ela me abraçou.

— Preciso dormir — disse a ela. — Por favor, Vera, preciso dormir...

Sentou-me na cama. Na escuridão do quarto tirou minha roupa, me deitou e me cobriu, fazendo uma coisa depois da outra, suave, cuidadosamente, em silêncio, como se pudesse me espantar ou me dissolver. A sequência da doçura de seu poder sobre mim... Quando apoiou uma mão em meu peito, deitei de costas. Quando colocou a mão por baixo de minhas pernas para puxar o lençol e cobrir-me, levantei-as. Assim me manipulava, com pequenos toques. Quando separou os lábios para me dizer algo, abri os olhos. Era linda; não era minha mas era linda, e eu era dela, ainda que como um fantasma, ainda que como um reflexo de mim mesmo.

Apoiou a mão no meu rosto e senti que toda tensão desaparecia, que a angústia se evaporava. Depois se deitou do meu lado e me abraçou. Então voltei a ter um corpo, a ser um homem. "Tranquilo", disse, me acariciando. E nunca em minha vida, até aquele momento, me senti tão tranquilo.

Na expressão de Diana ao me abrir a porta quando eu ia buscar o Julián havia sempre um misto de fastio e melancolia; quando eu o trazia de volta continuava havendo melancolia, mas agora bem por detrás da felicidade de ter o Julián novamente com ela. Nunca me convidava a entrar. Naquela tarde fez várias das coisas que nunca fazia: olhou para mim, encostou a mão no meu braço — roçou, apenas —, perguntou-me se eu estava bem — disse que estava um pouco cansado — e me convidou para entrar.

— Julián, papai chegou — ela gritou para Julián, que estava em seu quarto, no andar de cima.

— Oi, papai! — a vozinha de Julián ziguezagueou da cadeira do computador, onde ele estava jogando, retrocedeu até a porta do quarto, fez uma curva em U e desceu a escada sem perder nenhuma pitada de intensidade, muito pelo contrário, mas ele só apareceu bem depois. Deixei-me cair em uma das duas poltronas junto à janela — *minha* poltrona, aquela onde lia a cada manhã ao acordar, e às vezes também à noite; era uma boa escolha: nas primeiras horas do dia ali tinha mais luz do que em qualquer outra parte da sala, e à esquerda uma luminária de pé com luz branca, enquanto Diana ia preparar o café. Fez chá.

Na mesa de centro havia uma fortaleza do tamanho de um caixote de maçãs protegida por um exército de personagens de todos os tipos, qualidade, valores e tamanhos, desde heróis anônimos e rígidos e extraterrestres do universo das guloseimas até humanoides articulados e estrelas da indústria cinematográfica ou literária, estes últimos com luzes e voz. Desocupei uma parte da mesa, Diana depositou a bandeja e me entregou uma xícara de chá. Depois, sentou-se na poltrona ao lado.

— E então? — perguntou-me.

Costumava fazer isso, *continuar* uma conversa interrompida que nunca havia acontecido. Eu sempre achei isso um sinal de timidez, mascarado de confiança e naturalidade. Disse-lhe que estava dormindo mal e ela me perguntou por quê; não soube o que responder, não encontrei nenhuma razão além da verdade.

— Muito trabalho?

— O de sempre — sacudi os ombros e isso foi o bastante, mas *não* para Diana se esquecer do assunto, e sim para que não restarem dúvidas para ela de que algo ruim estava acontecendo comigo. Desviou o olhar, dirigiu-o por um instante ao chão entre seus pés, voltou a me olhar e me perguntou se havia algo que ela pudesse fazer. Sorri, olhando para ela, silenciosamente. Aquilo pareceu deixá-la tensa; nos conhecíamos tão bem que éramos capazes de interpretar errado qualquer gesto, por mínimo que fosse. Que nossos olhares se encontrassem naquela espécie de montanha gelada na qual tinha se transformado nossa relação e se mantivessem um segundo mais do que o estritamente necessário podia ocasionar uma avalanche de emoções de todo o tipo, mesmo que nenhum cristal de gelo chegasse à boca de nenhum dos dois; nem precisava, por outro lado. Em geral ninguém dizia nada. Se algum dos dois falasse, ia ser Diana. Ela tinha sofrido nossa separação mais que eu, tinha sofrido, não conseguira esquecer e não tivera a sorte de se envolver com outra pessoa. Eu sabia que ela queria que eu voltasse, ainda que já fizesse muito tempo que ela tivesse parado de pedir. Desviou o olhar.

— Ontem assaltaram a casa dos meus pais, foi um roubo tão inteligente que eu tenho até vergonha de contar — disse de uma vez.

— Ontem à noite?

— Entre nove e onze da noite, mais ou menos. Eles saíram às oito e meia e voltaram um pouco antes da meia-noite.

Perguntei por que ela dizia que tinha sido "inteligente", mas no fundo estava pensando que àquela hora, entre as nove e as onze, eu estava me retorcendo de dor a dez quilômetros dali, a dez planetas de distância das coisas de valor da casa dos pais dela.

— De manhã, roubaram o carro deles. Ao meio-dia, ligaram para meu pai para dizer que o carro estava estacionado em uma rua de San Telmo. O cara disse que precisou roubar o carro por causa de um assunto pessoal, que sentia muito, e que como forma de desculpa, tinha deixado para ele e para minha mãe dois ingressos para irem à noite assistir *Chicago*. Papai foi buscar o carro e sim, no banco, em um envelope, estavam os ingressos… E foram assistir *Chicago*. Duas horas ou mais de tranquilidade total para que os ladrões esvaziassem a casa.

— Ganhei o quinto nível! — gritou de repente Julián, fechando os punhos, num gesto triunfal, com o cabelo desgrenhado e os olhos feito pratos, só de cuecas, no alto da escada. — O quinto nível, papai, ganhei o quinto nível! — repetiu, lançando-se escada abaixo.

Jogou-se nos meus braços, e eu lhe dei os parabéns; o jogo tinha cinco níveis e ele tinha vencido o último. Então, durante alguns segundos, sua excitação pareceu se dissolver, como se não conseguisse acreditar.

— E o que roubaram?

— Dinheiro não tinha. Levaram o vídeo, o micro-ondas, a televisão, o aparelho de som, o computador, essas coisas. Agora meus pais ficaram na Idade Média.

Apoiei minha boca na cabeça de Julián, um longo beijo imóvel. Diana olhava para nós como se fôssemos uma parte da paisagem da vida dela.

Fazia muito tempo que não entrava na casa, uma casa que tínhamos comprado depois de anos de economia e onde tínhamos certeza de que íamos viver muito melhor do que tinha vivido até então. A economia é como o braço armado da ilusão, mas a ilusão não pode ser contida por nenhum número. Ao chegar ou ir embora, quer dizer, quando Julián saía e me abraçava para vir comigo ou depois de um beijo de despedida, quando a porta de entrada se fechava atrás dele, a única coisa que existia, para Diana e para mim, era tristeza, uma sensação de fraude coletiva apoiada na certeza de que um filho é a metade do destino de cada um dos pais, e o desconcerto de que nenhum dos dois sabe se é possível a outra metade.

De toda forma, nas semanas seguintes Vera me telefonava, costumava dar uma passada no meu apartamento, de quando em quando cozinhava e me convidava para comer, e nessas ocasiões sempre havia alguma insinuação de tipo sexual, mas eu tinha a impressão de que apesar de tudo eu dava trabalho a ela, ou culpa, estar comigo produzia um certo pudor incompreensível nela, como se agora ela estivesse enganando o outro, mais ainda: como se quisesse enganá-lo, mas tivesse medo de se esborrachar de repente em mim — poderia ter me traído com um exército de amantes sem conseguir que eu a desprezasse por isso. Eu, claro, não tinha perdoado a história dela com o Centro de Extração de Ovários; eu gostava dela, não havia modo de perdoá-la. Na verdade, perdoei a mim mesmo — me absolvi por minhas indecisões, meu trabalho, meus desacordos, minha idade, minhas aspirações, meu nervosismo, minha ironia, minha angústia, minha concentração, meus medos, minha fraqueza — e empreendi a reconquista, levando todos meus defeitos ao triunfo. Minha virtude: eu era um bom leitor. E Vera escrevia. Uma tarde ela me pediu para ler o primeiro capítulo do romance em que estava trabalhando; imprimiu-o, colocou um lápis na minha mão e se sentou do meu lado. Era uma oportunidade única. Mergulhei no texto, submergi nele com o desespero de uma testemunha acorrentada a quem um grupo de mafiosos joga no rio de um iate, e fui dizendo a ela o que eu achava enquanto ia lendo (sem usar o lápis). Quando cheguei ao final, Vera levantou-se sem dizer uma palavra e foi para o jardim. Segui-a. Pensei ter dito algo que a tivesse ofendido. De fato, procurei ofendê-la uma vez, metendo a mão em um parágrafo como se o parágrafo fosse uma luva na qual nenhuma mão poderia entrar sem deformá-la ou rasgá-la. De modo que me sentei à sua frente na ponta de uma cadeira e esperei ela me devolver o golpe. Um momento depois, Vera ergueu o olhar e me perguntou se eu tinha gostado. Respondi que sim. Ato seguido, pediu-me para perdoá-la. Houve uma pausa. Eu não disse que sim nem que não, e ela deu um passo à frente, se sentou a meu lado, me deu um abraço como um desses abraços que são antes de tudo a forma que as mulheres têm de abraçar-se a si mesmas (ou uma forma de ser abraçadas, apesar de o outro não mover um dedo, na verdade), e começou a chorar. No dia seguinte, instalei-me em sua casa.

Tal como eu falei antes, que meu filho é a metade do meu destino, a outra metade é não escrever. Sinceramente: não me lembro o que eu queria com trinta anos, nem com oito, nem com vinte, nem com doze, além de ser astronauta e de ser promíscuo, duas "ocupações" que basta juntar numa mesma frase para *ver* o quanto é difícil satisfazer qualquer desejo, ou ao menos os desejos claros. Além do astronauta promíscuo, reconheço, por outro lado, um desejo sustentado ao longo do tempo: escrever; chamo isso de desejo porque não escrevo, ou porque não escrevi (ou porque isso pressupõe a possibilidade de escrever). Aos onze anos coloquei uma barata em um copo com água, cobri o copo com fita adesiva e o enfiei no congelador; naquela noite sonhei que a descongelava e que a barata me insultava, furiosa. No dia seguinte escrevi duas páginas manuscritas, sem rasuras, contando a história de uma barata que se transforma em homem. Corri para lê-la a meus pais. Estavam na parte de trás da casa; tinham convidado pessoas para um churrasco e meu pai estava acendendo o fogo enquanto minha mãe colocava a mesa. Eu estava tão excitado que comecei a ler de imediato, sem dar a eles tempo de perguntar o que era aquilo. Meu pai virou-se para mim com uma bolinha de papel de jornal na mão, minha mão pôs os pratos na mesa e foi se deixando cair lentamente em uma cadeira. Tinha lido a metade da primeira página quando chegaram os convidados, um homem macérrimo e mesmo assim de nariz redondo, a mulher dele (só me lembro de uma blusa verde que brilhava ao se mexer) e a filha deles, Nádia, dois anos mais velha que eu. Eu era louco por ela, e ela sabia disso e, com um olhar silencioso, um olhar de reticências, exibia diante de mim sua única habilidade: um ar de convidar você a completar o que ela não disse. Depois de uns rápidos cumprimentos, o pai de Nádia, um curioso, insistiu para que eu começasse novamente. Resisti o quanto pude, isto é, uma vez só. Depois li o conto, de pé e no mesmo lugar aonde me levara o meu entusiasmo inicial, com voz firme, até a última palavra.

— Um pequeno predador — disse então o pai de Nádia, estreitando os olhos e me dando um tapinha nas costas.

Nádia olhou para o pai e baixou o olhar, sorrindo. Naquela época eu não conhecia *A metamorfose*. Pedi para minha mãe para me comprar, e só depois de lê-lo foi que entendi até que ponto tinha caído no ridículo ao inverter uma história célebre. O mais provável é que Nádia também não tivesse lido Kafka, mas o sorriso cúmplice que dirigiu ao pai quando ele fez o comentário — conhecedora de seus tons, mais que de suas leituras — foi o mesmo que anos depois Vera daria à moça do vestidinho cinza. Para mim foi humilhante e, após ler o relato "original", demolidor. Quando alguém começa a escrever, a única coisa que tem é uma história. Nesse sentido, escrever uma história já é *escrever*. Qual é o processo que faz com que a matéria chegue a ser consciente? Ninguém sabe, a biofísica ainda não encontrou a resposta; como bom neófito dou-me uma explicação suficiente: *a prática*. Uma constelação de partículas dançantes em uma situação repetida não pode escapar a seu destino; a consciência é o destino da prática. Com a escrita acontece exatamente a mesma coisa. Mas eu mal começara, era o começo de um começo, e já havia sido descoberto e delatado. O pai de Nádia morreu naquele mesmo mês. Fiquei contente. Anos depois, aos dezessete ou dezoito anos, escrevi uma série de poemas políticos, tardiamente influenciado por uma literatura que também havia encontrado seu destino — evaporar-se —, à qual chamávamos "engajada". O fantasma de estar subvertendo algo alheio lançou sobre meus poemas a sombra de um humor involuntário que meus companheiros da época não vacilaram em chamar de fascista: os operários, em vez de cair dos andaimes, voavam para lá, por exemplo. Não tentei outra vez. Mas lia como um escritor, como um escritor jovem, menos atento à trama que ao ritmo e mergulhando na escuridão por entre os pilares submersos da construção; desde que se possa dizer de mim que sou um "homem adulto", voltei a me interessar quase que unicamente pela trama.

Todo mundo tinha vontade de publicar um livro ("ter" um livro), mas ninguém quer se dar ao trabalho de escrevê-lo. Qualquer um a quem perguntarmos se queria ter um livro — seja taxista, jogador de futebol, lobista, modelo, ginecologista, barman, psiquiatra, locutor, corretor ou estrela do mundo do espetáculo ou das finanças —, dirá sempre que sim, com o mesmo convencimento com que dirá que sim no caso de lhe perguntarmos se gostaria de ser bonito ou rico. Um livro é algo *importante* (transcendente: cortar uma árvore para escrever um livro que seu filho lerá, ou a concorrência). Disciplina e entusiasmo são as duas palavras que, por outro lado, definem a prática das duas escritoras mais importantes para mim, e não precisamente como escritoras: Diana e Vera. Diana começou a escrever quando engravidou de Julián, no começo como uma brincadeira, depois com disciplina; publicou três novelas para crianças entre dez e doze anos, e seis livros de contos para crianças de cinco a sete. Ela sabe o que faz, sua prosa é graciosa e as histórias são simples e envolventes; não usa diminutivos. Vera é como um aspirador, com um radar hipersensível que detecta e suga materiais das procedências mais diversas e os articula em textos ágeis e milagrosamente compactos. Nunca falamos de literatura, mas aí estava ela *fazendo literatura* enquanto eu me limitava a digitar roteiros de televisão; sentados cada qual no seu computador, a três ou quatro metros de distância um do outro, o entusiasmo dela contrastava fortemente com minha apatia, como uma fagulha de um amendoim. Ela mantinha as costas rígidas, o olhar fixo na tela, nas pausas, aproximava ou afastava a cadeira, cravava o dedo na tela *delete* com um gesto de irritação, retomava o fio, acelerava, arregalava os olhos, às vezes ria, às vezes se interrompia para me ler um parágrafo, às vezes se levantava e dava umas voltas, caminhando lentamente pela casa, e se sentava de novo e continuava durante horas e mais horas; todo um *estado*. Se as coisas tivessem ido bem, ao fim do período ela tinha ainda mais forças que no começo, e a sombra de uma soma de produtividade e satisfação avançava sobre mim até se unir a meu corpo que a projetava, me abraçando. Naquela tarde, tinha ido bem. Me abraçou.

— Vou ao mercado — disse. Me deu um beijo no pescoço e saiu.

Fazia dez minutos que ela tinha saído quando tocou a campainha. Antes de me levantar para atender digitei o número da cena seguinte: 27. Achei que a garota que estava tocando tinha aquela idade; era japonesa, descendente de japoneses. Estava vestida com uma sainha sem cor, uma regata sem sutiã e sandálias. Perguntou pela Vera. Disse que ela tinha saído. Ela olhou para um lado e para o outro, procurando-a, e depois me disse que era roteirista de diálogos e que havia combinado de passar àquela hora para falar de trabalho com Vera, de modo que a convidei para entrar:

— Foi ao mercado, acho que em vinte minutos vai estar de volta. Quer beber alguma coisa? — Fez que não com a cabeça. — Você se incomoda se eu voltar a fazer o que eu estava fazendo, enquanto você espera por ela?

Voltou a fazer que não com a cabeça e sentou-se numa poltrona atrás de mim. Eu escrevi INTERIOR. CASA DE WARLEY. DIA e todo o restante de uma só vez, mas ao fazer uma pausa para pensar um pouco no que ia acontecer na cena 28 senti que estava incomodado não em ver a japonesa, me incomodava que ela estivesse sentada às minhas costas. Virei a cabeça, acho que como um monstro, porque a japonesa levantou rapidamente o pescoço, e pedi a ela que por favor se sentasse em uma poltrona que ficava à minha esquerda, a uns três metros de distância da mesa. Ela fez que sim com a cabeça ao mesmo tempo que se levantava e foi correndo para lá, como se eu acabasse de adverti-la de que o teto podia desabar, e se sentou com as pernas juntas, com as sandálias juntas. Para ser roteirista de diálogos era muito muda; perguntei-lhe de novo se não tinha vontade de beber alguma coisa e ela disse que não; sempre com a cabeça. A cena 28 não era complicada, mas trabalhosa, com muitos personagens entrando e saindo e dizendo as mesmas mixarias sentimentais que vinham dando resultados tão bons até agora — que me fazia ter que pular quase que linha por linha da coluna da esquerda para a da direita, fazendo observações sobre o tom, a expressão e a localização; precisava ficar atento à continuidade, além de tudo. Mas a japonesa me distraía: agora estava me olhando fixamente. Já não sabia onde me incomodava mais: se no meu campo de visão ou sentada às minhas costas. Olhei para ela e ela baixou a cabeça. Bom. Voltei a escrever. INTERIOR. BARCO. DIA. Logo depois percebi o erro;

apaguei BARCO e coloquei RESTAURANTE. Tinha escrito quase uma página quando de repente a japonesa se levantou e veio sentar na mesa exatamente na minha frente.

—Tudo bem? — perguntei a ela.

Fez que sim (com a cabeça), sorrindo para mim.

Sustentei o olhar sem retribuir o sorriso até o limite além do qual seria grosseiro, a menos que eu também fosse capaz de sorrir. Não consegui. Tampouco consegui evitar que meus olhos descessem dos seus até o seu mamilo esquerdo e então para o direito (bastante salientes no tecido da camiseta, "mais mamilo que peito", pensei), antes de voltarem a subir, mas agora só até seus lábios, que se separaram e mudaram de cor; do rosa pálido para um rosa que não acabei de ver: dei um rápido salto até seus grandes olhos e de lá para tela do computador. Li a última coisa que tinha escrito e comecei com o que vinha depois, distribuindo três ou quatro personagens no restaurante, ao mesmo dois deles em mesas erradas, e fazendo trombar com outros dois que iam entrar, um deles aliás duplicado, já que estava em uma das mesas desde a linha anterior. Apaguei tudo e estive a ponto de dizer à japonesa que saísse e esperasse lá fora, mas me contive. E como não conseguia me concentrar e tinha que escrever para não me ver obrigado a falar com ela, que no fim das contas não falava mesmo, resolvi escrever.

A lista dos meus medos (fora de ordem):
De morrer.
De avião.
Da loucura.
Das doenças.

Das amputações.

Dos barcos.

Da velocidade.

De altura.

Do mar.

Dos tubarões, ursos, cobras, aranhas, cachorros desconhecidos.

Dos desconhecidos.

Das cidades, bairros, ruas desconhecidas.

Das periferias.

Dos elevadores.

Da miséria.

Das operações médicas, das operações financeiras.

Das armas.

Dos dentistas.

Da perda do olfato (uma coisa terrível, vi um documentário sobre isso outro dia. Vera, Vera, vai, Vera, vem logo).

Da polícia.

Dos estádios de futebol.

Das tempestades elétricas.

Da solidão.

Das multidões.

Da violência.

Da velhice.

Da aids, do câncer (entra em doença).

Da impotência (entra em solidão?).

De ladrão.

De eletricidade.

De sofrer (entram todos os medos juntos e se acrescenta o amor).
Dos aparelhos a gás: estufas, caldeiras, botijões, aquecedores.
De sequestro.
De ter que ir viver no campo.

Poderia ter continuado, mas naquele momento, de repente, com uma vozinha de borboleta animada, a japonesa disse:
— Qué tlansá?
Olhei para ela. Ergui primeiro os olhos e depois, lentamente, a cabeça.
— Como?
Eu tinha escutado perfeitamente, claro. E não só isso, também tinha entendido a piadinha dos eles, a paródia de sua origem que agora ela acentuava com um piscar nervoso dos longos cílios pretos, sem deixar de me olhar. Tinha inclusive avançado o corpo. Não dizia nada, não parava de sorrir.
— Se eu não quero o quê?
— Não, nala.
— Nala? Onde tem "r" em "nada"?
Naquele instante Vera chegou. Estava trazendo duas sacolas com as compras em cada mão. Levantei-me para ajudá-la. Peguei as sacolas, coloquei-as na bancada e comecei a separar as coisas que ela tinha comprado e guardá-las na geladeira e no armário em cima da lavadora, enquanto Vera e a japonesa trocavam cumprimentos e desculpas, a japonesa por ter chegado antes do combinado e Vera por ter chegado depois. A garota, é surpreendente, se chamava Monique, um nome francês para uma argentina de origem nipônica, e Vera a havia chamado — primeiro queria conhecê-la, esclareceu, apesar de certamente já ter dito isso por

telefone — para substituir um dos roteiristas de diálogo de sua equipe, "que vive doente". Vera perguntou a ela se queria beber alguma coisa e a japonesa disse que o mesmo que ela, ao que Vera respondeu que ia tomar água, água mineral, água bem gelada: estava morta de sede.

— Então uma cerveja... se não for incômodo — disse a garota, olhando de esguelha para o fardo de garrafinhas de Corona que Vera tinha comprado, uma cerveja horrível e ainda por cima morna. Vera pegou uma Corona, entregou a ela, depois pegou uma garrafa de água mineral e indicou à japonesa que a acompanhasse até o sofá. Sentaram-se. Educadamente, Vera se virou para mim e perguntou se estavam me incomodando. Educadamente disse a ela que sim. Foram para o jardim. Em menos de cinco minutos, estavam rindo às gargalhadas, com um riso ansioso e desarmônico de amigas de infância que se encontram depois de anos sem se ver, mas era evidente que Vera era quem tinha a batuta, a qual erguia, freava e fazia girar habilidosamente entre os dedos antes de dar com ela na testa da japonesa ao fim de cada número, e não porque ocupasse um lugar de poder diante dela, mas apenas por natureza: a garota estava procurando, em sua cama, na cama do outro, no beco escuro de sua alma, ardentemente, que a degradassem, enquanto Vera não pretendia outra coisa (na vida) além de ser adorada. Meu computador tinha mais capacidade de processamento de dados do que a que dispunham os aliados da Segunda Guerra Mundial, mas eu não conseguia me concentrar nem para fazer falar uma péssima atriz secundária. Gravei meu arquivo e saí para dar uma volta.

Depois de uma reunião com Trini e os roteiristas de diálogo em um bar do centro, fiquei sentado esperando Diana. Tínhamos combinado de nos encontrar lá às três, e já eram dez para as três, o que queria dizer que eu não ia ter que esperar muito mais do que uns vinte ou vinte e cinco minutos. Eu nunca gostei de Peter Handke, nenhuma de suas obras de ficção nunca tinha me conquistado, mas alguém (que eu não consigo me lembrar quem, nem agora e nem depois) tinha me dado de presente *O peso do mundo*, uma espécie de diário ou de "crônica de uma coincidência individual em forma de livro", como ele próprio o chama, e em uma dessas leituras ao acaso, que é na verdade a forma de leitura proposta pelos livros de anotações, tinha sublinhado naquela mesma tarde, antes da chegada de Trini, uma frase da qual eu havia gostado muito e que agora não estava conseguindo encontrar, o que me parecia esquisito, porque eu a havia marcado, havia feito um grande parêntese em tinta azul à esquerda, com um traço rápido, abarcando até a última linha da frase anterior e a primeira da seguinte. Mas não tinha como. A marca parecia ter virado fumaça. Passei pelas páginas do livro de trás para a frente e de frente para trás uma dúzia de vezes, fiz isso rápido e devagar, e já tinha começado a folheá-lo página por página quando ouvi alguém dizer "Me desculpa". De pé à minha frente estava um homem de uns quarenta anos, talvez quarenta e cinco, vestido como um vendedor de eletrodomésticos que tenta parecer um vendedor de carros esportivos e consegue parecer um traficante. A mão que havia apoiado no encosto de uma cadeira, de grossos dedos acinzentados, com o anular enforcado por um anel de ouro, no qual uma esmeralda grande demais para ser genuína delatava como falso, dava-lhe até um toque extra de homem da noite do submundo. Cheirava a penicilina. Tirou a outra mão do bolso e apontou por cima do meu ombro uma mesa às minhas costas.

— Não pude deixar de ouvir o que vocês estavam dizendo — disse.
— Eu sou ator. Permita que eu me apresente — estendeu-me a mão, apertei-a e ele disse: — Mario Bravo, como a rua — sorriu, abusando de um comentário que certamente era abusado por todos. — Não sei se você me reconhece...

Estive a ponto de lhe perguntar a que altura, mas me limitei a dizer que não.

— Eu trabalhei em, bom, fiz papéis pequenos em, participações em *Yago*, em alguma coisinha e nos últimos tempos em *Jesus, o herdeiro*. Esta foi boa, fiquei bastante tempo. Assim que escutei vocês, percebi que são autores e disse a mim mesmo: Vou lá cumprimentá-los e me apresentar. Está indo bem?

— Claro.

— Como é o programa que vocês estão fazendo?

— Em que sentido?

— O nome.

— *Onde houve fogo*.

— Sempre sobram cinzas, sim, ótimo título. Nunca assisti. Vi que está passando mas não assisti. Está indo bem?

— Olhe, você vai me desculpar, mas...

— ... não pense que eu vim para lhe pedir trabalho. Não, pelo amor de Deus! Eu desse meio não quero saber de nada. Além disso, nem estou atuando mais, me aposentei. A verdade é que eu não estava indo muito muito bem, não. Para que mentir? A verdade é que a pessoa nasce para isso, e eu não nasci. O que tenho são saudades, os corredores, os colegas, mas isso sempre foi uma coisa mais da minha mulher do que minha. O que você está lendo?

Inclinou a cabeça e antes que eu sequer abrisse a boca, leu o título em voz alta. Baixei a vista para o livro — estava na minha mão ainda, continuava folheando-o com impaciência enquanto ele falava, e a frase reapareceu como que por um passe de mágica. Estava entre aspas, era uma citação de algo dito por outra pessoa e que Handke anotava, ou ele mesmo tinha imaginado na boca de outro: "Conte-me uma história sobre mim. Mesmo que não esteja certa, mas me conta de mim. Necessito de uma versão de mim". Era desoladora, estava cheia de angústia mais do que de vaidade, cheia de angústia e de desespero. Perguntei-me se Vera seria capaz de escrever alguma vez algo assim, não igual ou melhor, a frase não é grande coisa no fim das contas, mas a partir desse lugar. Que lugar? Não sei, nunca soube. Vera vivia numa espécie de desequilíbrio sustentável: o Yin feliz sem o Yang. Não consegui precisar, o cara não me deixava falar. E de repente cerrei os punhos, cerrei a mandíbula, apoiei com força os pés no chão, cravei o olhar na mesa e disse para ele ir embora, pedi para ele ir embora, mandei ele tirar a mão da cadeira e ir embora. Fez-se um silêncio. Obviamente, o cara ficou surpreso, mas eu não fiquei menos que ele, e não pela minha reação, mas pelo que ainda estava faltando a essa reação: teria gostado de matá-lo, teria enterrado a colherinha de café no coração dele e me deliciado limpando o sangue da ponta dos dedos na toalha da mesa. Um silêncio dura dois segundos. Dois silêncios depois, Diana se sentou à mesa:

— Quem é? — perguntou-me em voz baixa.

— Ele ainda está lá?

— Foi se sentar à mesa de trás.

Então ergui o olhar e a vi.

— Vamos?

— Acabei de chegar...

— Por favor.

Saímos. Não olhei para trás.

Caminhando pela Rivadavia ou pela avenida de Mayo ou pela Callao ou por qualquer outra rua da região, contei a ela o que tinha acontecido e Diana me olhou como se eu estivesse louco, mas lhe agradeci por não fazer comentários do tipo: "Não era para tanto" ou "Coitado do cara". Perguntou-me por que é que eu estava tão nervoso.

— É o dinheiro — disse a ela —, o dinheiro e o tempo, passo o dia inteiro à disposição de um programa ou de outro e não consigo economizar nada, nem moedas. Uma vida dedicada ao ar.

— Fica tranquilo — disse Diana, me pegando pelo braço. — Nós estamos bem, não precisamos de nada, fica tranquilo. Está dormindo bem?

— Estou.

— Quer que a gente vá com o Julián ao cinema um dia destes?

— Pode ser...

Diana não tinha deixado de dirigir seus pensamentos e suas pequenas ações cotidianas à *gente*, quer dizer, ao conjunto que bem ou mal, juntos ou separados, fazíamos ela, Julián e eu, mas também não tinha deixado de se preocupar *comigo*. Olhei-a, acho que sorri. Era uma mãe e uma mulher e também uma mulher separada, claro. A mulher separada aceitava o dinheiro que eu conseguia dar a ela, apesar de fazer também tudo o que estivesse a seu alcance (de mãe) para ganhar seu próprio dinheiro, mas a mãe, para sempre envolvida com o filho e, portanto, com o pai, fazia até mais do que estava a seu alcance (de mulher separada) para fazer a mediação entre suas próprias ideias e as minhas sobre qualquer assunto relacionado a nosso filho. Sim, sorri a ela. Olhei para ela, também. Ela tinha um desses corpos que se diz "maravilhoso", um nível superior que chega a arrancar grosserias das janelas dos carros. Seus seios cabiam na palma das minhas mãos sem transbordá-las, com trinta e cinco anos sua pele era ainda de uma garota dez anos mais jovem, tinha os olhos castanhos e um olhar que inspirava confiança e segurança. Olhando-a mover as mãos percebi que poderia entender o que escreviam ao gesticular. Se na vida real fosse interrompido de repente o som, como num filme, eu seria capaz de entender sem a menor dificuldade o que ela estava dizendo. Então, deixou as mãos quietas em cima da mesa. Disse a ela que esperássemos um pouco mais, outro mês, antes de tomar uma decisão. Eu não achava que Julián estivesse passando tão mal, mas a verdade é que era ela quem vivia com ele, e mais de uma vez lamentou perceber a quantidade de pequenos detalhes da vida cotidiana de Julián que eu estava perdendo, que necessariamente me escapavam. No essencial, Diana concordava comigo. Depois me perguntou se eu gostava do título *Brisa e Bala*.

— Você está louca?

— Você não gosta?

— Claro que gosto, mas é alucinógeno demais para não perceberem na sua editora, e provavelmente muitos pais também vão perceber.

Diana pareceu surpresa, riu. Como não tinha percebido? Eram personagens, não tinham aparecido juntos, a não ser à medida que os inventava, e o sentido que seus nomes agora sugeriam acabara se esvaziando. Continuava pensando nisso enquanto saíamos do bar. Acompanhei-a para ela tomar um táxi. Perguntou-me se eu estava bem e se precisava de alguma coisa, e eu disse a ela que sim e que não. Abriu a porta de um Volkswagen recém-lustrado e lá de dentro saiu uma nuvem de lavanda química diante da qual Diana franziu o nariz. Ela entrou, fechei a porta, dirigiu-me um breve olhar amoroso e o táxi deu partida e a levou embora. Tirei do bolso o ticket para ver o endereço onde tinha deixado o carro de Vera e caminhei até lá; estava a três quarteirões. Depois, já ao volante, dobrei à direita para pegar a rua e então tive a impressão de ter visto, um segundo antes, quando aproximava o bico do carro da calçada, o paletó do ex-ator movendo-se num táxi. Olhei pelo retrovisor e sim, atrás de mim havia um táxi, mas estava livre, a não ser que o ex-ator tivesse se abaixado. Estaria me seguindo? E por que isso, se poderia ter me encarado na rua enquanto eu caminhava até o estacionamento? Uns quarteirões depois o táxi já não estava atrás de mim. Liguei o rádio e me esqueci do assunto. Não tinha jeito de me esquecer dele: uma crítica de televisão dizia que a direção do canal onde estava passando o programa que Trini e eu fazíamos estava considerando a possibilidade de tirá-lo do ar. Era meu único trabalho, minha única fonte de renda. Peguei o celular e disquei o número de Trini. Ocupado. Tentei mais duas vezes. Continuava ocupado. Desviei do meu caminho e fui diretamente à sua casa.

Trini morava no vigésimo quinto andar de uma torre cercada por um muro, com vigilantes uniformizados, câmeras de vídeo na entrada e vizinhos dispostos a tudo. Me dava vertigem só de chegar perto da região, embora não tanta quanto a possibilidade de ficar sem trabalho. De todo modo, toquei a campainha e pedi para ele descer. Me respondeu que não podia, que eu subisse. Tínhamos tido o mesmo diálogo uma dúzia de vezes ao longo do ano e eu tinha ganhado nove em cada dez, mas Trini disse que não desceria de jeito nenhum e parecia firme, então não tive outro remédio a não ser subir.

Odeio os elevadores herméticos; este era novo e tão silencioso que não dava a sensação de estar subindo; te deixava sozinho com *a ideia* de subir: todo o resto parecia imóvel, não havia o mínimo tremor e não se ouvia absolutamente nada. Tentei me distrair me olhando no espelho; então percebi que estava com o livro de Handke na mão, isto é: percebi que não o havia deixado no carro e que não o havia esquecido no bar. Foi uma sorte, porque enquanto estava decidindo se lamentava ou não, o elevador parou, a porta se abriu e eu dei um rápido salto para fora. Meu coração não voltaria a se normalizar até eu estar outra vez na rua, sabia disso. Podia aguentar, claro. Conhecia as mudanças que aconteciam comigo a partir de certa altura: minha voz ficava mais fina, falava mais acelerado, me mexia mais rápido, me irritava com facilidade e qualquer coisa que me dissessem, se é que eu escutaria, me pareceria idiota. Com a mão suada dei dois golpes talvez fortes demais na porta da casa de Trini.

A primeira coisa que vi foi um pano listrado, uma mão e uma orelha. Trini fechou a porta atrás de mim e então eu vi melhor. Tinha envolvido umas pedras de gelo com o pano e o segurava em um olho, tapando assim a metade do rosto, mas nas fossas nasais, bem visíveis, havia umas crostas de sangue coagulado, escurecido, enquanto as duas ou três gotas que tinham caído na camiseta se mantinham vermelhas.

— Meu Deus! O que aconteceu com você?

— Aquele monstro — disse. Tirou o pano do rosto. A maçã estava inflamada e tinha um corte na sobrancelha. A maçã do rosto e a sobrancelha (trabalhando juntas) já tinham começado a derramar sobre o olho uma cor espessa entre o verde o azul. "Índigo", diria o escultor, se fosse pintor. Mas era escultor. E havia batido nele. Não me lembro se perguntei o motivo ou se simplesmente o deixei falar.

— Eu estava contando para meu parceiro sobre Uki...

— Ele não sabia?

— Sabia, sabia, ele sabe de tudo, vive me fazendo perguntas. O que ele não sabia era que Uki tem aids. Ficou furioso, começou a gritar, me levantou da cadeira, e agora eu nem consigo mais sentar por causa do chute na bunda que ele me deu. Acha que eu também tenho aids e que passei para ele.

— Onde ele está?

— Foi embora. Disse que ia fazer o teste. Estou com medo.

— Você tem medo do resultado?

— Não, não, eu já fiz e não tenho nada. Além disso, hoje em dia ninguém mais morre de aids. Eu tenho medo é dele. Faz tempo que ele já vem me metendo medo. Isso que aconteceu hoje...

— O que você está pensando em fazer?

— Não sei. Antes de ele sair, pedi que me devolvesse as chaves e ele me respondeu segurando as bolas com a mão. Chamei dois seguranças e disse que, se ele voltasse, não o deixassem entrar.

Ofereceu-me chá. Aceitei uma cerveja. Ele foi para a cozinha, me trouxe a cerveja e voltou para a cozinha para preparar o chá.

— Você sabe algo sobre o programa? — perguntei.

— Em que sentido?

— Ouvi no rádio que estão pensando em tirá-lo do ar.

— Não, não, já me cantaram essa bola, liguei para o canal e está tudo bem. Ninguém sabe de onde saiu a fofoca, o programa está indo bem. Ontem dezenove ponto sete de audiência.

— E anteontem?

— Dezoito. Dezoito e meio.

— E você se lembra do dia anterior?

— Dezoito também.

O rating era uma das poucas coisas para as quais Trini tinha memória. Podia recitar a planilha de audiência da última semana — que recebia diariamente por e-mail e que estudava com verdadeira paixão — sem vacilar e sem errar. Outra coisa eram os números das placas dos carros, os números de telefone, e as datas de aniversario dos donos dos telefones e dos carros. Sabia o número da placa do carro da Vera, mas não o seu aniversário. Logo ele iria saber. Além disso, ficava em dia com todos os disse me disse do mundo da televisão, não tinha produtor que ele não conhecesse, e havia trabalhado com quase todos os atores habituais do meio, em uma carreira que já tinha uns bons dez anos de crescimento profissional e econômico ininterrupto, o que se via refletido em sua casa, nos objetos que a decoravam, que pareciam condecorá-la, na verdade. Sua última aquisição era uma mesa "executiva", assim a chamava, desenhada por um tal Marc Newson, que tinha custado uma pequena fortuna e sobre a qual repousavam títulos como *O gozo*, *Como criar personagens inesquecíveis*, uma *Antologia do conto triste*. Tinha derrubado uma parede para dar ao ambiente "um ar mais de loft". Saiu da cozinha com sua xícara de chá, parou justamente onde antes ficava a parede e me perguntou como ia minha relação com Vera. Já estava sabendo de alguma novidade, de modo que me limitei a dizer que tudo bem, tomei um longo gole de cerveja e me levantei para ir embora: ver nuvens à altura da janela era algo que começava a me deixar inquieto. Então ouvimos um barulho de chaves na fechadura. Trini deixou cair a xícara das mãos. Deu um salto na minha direção e me pediu por favor para eu não ir embora.

— É ele! É ele! — dizia.

E sim, era ele, Nudler, o escultor.

Nudler pareceu surpreso ao me ver ali. Ele não esperava encontrar ninguém, além de Trini, mas bastou pôr o pé na casa percebi que estava arrependido e que seu arrependimento era tão grande que, uma vez digerida a surpresa da minha presença, o que aconteceu quase no ato, aproximou-se de Trini e lhe pediu desculpas — primeiro com voz firme, depois fazendo beicinho, segurou-lhe o queixo com dois dedos, moveu seu rosto para um lado e para o outro enquanto repetia as desculpas, e o abraçou e o afastou sem soltá-lo e beijou-lhe um olho (o olho bom) e os lábios e outra vez o olho (sempre o olho bom, o que me fez pensar que ele não conseguia beijar o olho machucado e por isso mesmo ia sempre no bom), sem nem dar bola para o fato de estar presente um pobre heterossexual fóbico olhando para eles. Depois de tudo, Trini, rapidamente comovido, virou-se para mim e disse com um grande sorriso e um tonzinho propositalmente efeminado:

— Você imaginava ele um pouquinho mais orgulhoso, né? — obviamente se referindo a Nudler, que tinha se abaixado solícito, solidário, para recolher os pedaços da xícara de chá.

Aliviado com o arrependimento (essa suspensão do ser na qual se começa a perceber o que foi que se fez), apenas cinco minutos depois, Nudler era novamente o mesmo que da primeira vez que o vi, e certamente o mesmo que umas horas antes tinha batido no Trini. Sentou-se numa poltroninha de veludo cor de musgo, com as pernas esticadas e os coturnos apoiados no Marc Newson e começou a estudar com atenção os nós de sua mão direita enquanto fingia *não escutar* o que Trini e eu estávamos conversando.

Trini tentava me convencer a fazer a próxima reunião lá, na casa dele; não queria sair na rua com o rosto naquele estado. Eu não pensava em outra coisa a não ser em ir embora, mas Trini me segurava de um jeito ou de outro, inclusive me colocando uma mão no peito quando tentei me levantar. Eu teria dado um soco no olho bom dele se Nudler não estivesse lá. Em determinado momento, Nudler, cuja pressão ia aumentando (era evidente que a ideia do contágio tinha voltado a crescer), chamou-o com um psiu e um gesto do dedo indicador. Trini foi e se acocorou ao seu lado. O escultor falou algo em seu ouvido e Trini respondeu em voz alta que sim, que já tinha dito que sim, que tinha feito, que tinha feito. E ameaçou se levantar. O escultor o deteve, agarrando-o pelo pescoço e olhando como a chama de um maçarico:

— A verdade.

— Eu já disse. Por que é que eu iria mentir para você. O que mais você quer que eu faça?

— Quero que me diga a verdade.

Foi só isso o que escutei. Deixei a porta aberta e desci os vinte e cinco andares pelas escadas a toda velocidade.

7

Os japoneses — desde um cozinheiro envolto em nuvens de fumaça até o diretor-geral de uma companhia de alta tecnologia — defendem que a confiança é um elemento decisivo para o desenvolvimento de coisas fundamentais, como a economia mundial, por exemplo, quase um preceito derivado da vida cotidiana, para além das particularidades de cada casa. Mas para Monique Maosake, nascida na Argentina, de pais argentinos, neta de japoneses que tinham passado a metade de suas vidas na Argentina, a confiança era um valor econômico, no sentido de barato e, portanto, algo sobre o que era possível avançar sem culpa nem pruridos de nenhuma espécie. Desde que Vera a aceitara como roteirista de diálogos, ela passava mais tempo em nossa casa do que na dela. Ficava depois das reuniões, quando os demais já tinham ido, oferecia-se para cozinhar — quer dizer, convidava-se para comer — e não fazia o menor esforço para mostrar que estava se divertindo: *estava se* divertindo. Os sins com a cabeça tinham ficado para trás. Agora ela falava pelos cotovelos.

Estava fascinada com Vera. Suponho que os motivos de sua fascinação não eram muito diferentes dos meus, a princípio, excluindo o sexo, com a mínima diferença a seu favor de que, para ela, não era um problema ser anulada — exatamente o contrário, era um prazer —, enquanto eu tinha só problemas e teria dado uma mão para me livrar deles. Sempre achei que tinha uma mão sobrando; por alguma razão o Macaco nos fez duplos, nos dotou de "refis" para dizer de algum modo. Não era muito atraente, mas era possível viver com um braço só, uma perna só, um olho só, um rim só, um pulmão só, um testículo só (mesmo sem nenhum), um ouvido só e um coração só. Mas o que é que a japonesa fazia ali o dia inteiro?

Os rumores sobre o fim do programa não tinham parado (havia no ar como que um roçar de solas que correm, param, viram e se voltam sobre seus passos) e minha inquietação ia crescendo: não tinha economias para sobreviver mais do que uns poucos meses. Entrei em casa olhando para o chão. Vera veio a meu encontro com um grande sorriso no rosto; ao fundo, percebi a japonesa sentada na borda de uma poltrona, com o chimarrão na mão.

— Tenho uma boa notícia — disse.

— Que bom.

— Apresentei um roteiro a uma produtora alemã e eles aprovaram.

A televisão avançava sobre a sua literatura do mesmo jeito que avançava sobre a vida dos outros, mas nesse caso não era um roteiro de televisão: tempos atrás ela tinha começado a escrever um longa-metragem. O cinema, uma nova atividade. Tinha que viajar por três meses a Berlim. Estava feliz. Eu fiz o que pude para que minha contrariedade não fosse notada.

— Obviamente vou usar esse tempo para terminar meu romance — disse, baixando a voz, como se se tratasse de um pequeno golpe.

— Você não tem que *terminar*, tem que *escrever* — disse. — E não vai poder escrever literatura lá. A melhor coisa, se você for, é trabalhar no roteiro.

Ofendeu-se. Sutilmente, mas se ofendeu.

Nos sentamos à mesa. A japonesa me ofereceu chimarrão, disse que não com um dedo e em seguida me esqueci dela. Essa era talvez uma das razões pelas quais Vera tolerava a presença sua na casa: era fácil se esquecer dela.

— E o programa? — perguntei.

— Monique vai me cobrir.

Olhei para ela. *Ela?* A japonesa sorriu para mim. Olhei de novo para Vera e me esqueci da outra no ato, apesar de perceber que entre um esquecimento e outro ela continuava sendo bonita. Vera sustentou o olhar.

— Três meses...— resmunguei.

Era tempo demais. Apenas a ideia da viagem me assustava — não havia tido uma boa experiência com isso. Vera estava escrevendo um bom romance, era jovem, tinha dinheiro e um homem que a amava. O que *mais* ela queria? Eu teria dado um pé para escrever sem preocupações com a mão restante um romance como o que ela estava escrevendo. Teria dado um olho para ser necessário, tanto como ela era para mim, mas a verdade é que só quem parte é quem não tem nada a perder, e Vera estava partindo.

— Bom — falei, com um pé e uma mão e um olho a menos, feito um monstro —, você já viveu uma vez por três semanas com as moedas do Estado socialista cubano, portanto, não vejo porque não poderá viver agora três meses das migalhas de uma produtora alemã.

Vera levantou-se furiosa e saiu pisando duro.

Ouvi o barulho da bombilha (o tradicional som da última chupada) e depois os passos da japonesa se aproximando. Sentou-se à minha frente, na mesma cadeira onde a Vera estava alguns segundos antes. Olhou-me em silêncio por alguns instantes.

— E você o que espera da vida, *cara*? — disse, tentando soar amistosa, não irônica, mas como se eu tivesse um grande problema e ela fosse capaz de me ajudar a resolvê-lo. Sim, eu tinha um grande problema e ela podia me ajudar a resolvê-lo se fosse embora.

— Da primeira vez que você me encontra me pergunta se eu quero transar e da segunda me pergunta o que eu quero da vida?

— Foi uma piada — disse.

— Uma piada? Não percebe que eu poderia ter te comido de verdade?

Agora fez um silêncio. Pensou. Depois disse:

— E teria sido o quê, um castigo?

— Claro. Te comia gostoso, fazia você sofrer.

Rimos. A risada dela durou muito mais que a minha, de modo que aproveitei a ocasião para me levantar e ir até o quarto procurar a Vera.

Ela estava deitada de barriga para cima, com os braços cruzados debaixo da nuca. Da música em volume baixo que saía do aparelho de som só se ouvia um riff de guitarra que soava como uma mulher pega num beco escuro. Pedi desculpas a ela, sentei-me na cama e depois de um silêncio me deitei de costas ao seu lado. Trocamos ainda alguns disparos em voz baixa até que me rendi: o que tinha de estranho ou de grave, afinal, no fato de uma garota de vinte e seis anos que vive com um homem de quarenta e três querer viajar, dançar, ganhar, transar com outras pessoas e se divertir um pouco? Não era muito diferente do que eu mesmo queria, e com a mesma ilusão, ainda que já sem o mesmo afã. Abracei-a e ela me beijou, no começo timidamente, com algo de raiva ainda; depois se voltou para mim e começou a abrir os botões da minha calça enquanto eu lhe erguia o vestido.

Molhada e com a mesma incrível suavidade do gelo morno, é assim ao tato a paisagem da felicidade (na mão dela, bem ereto, como se fosse estourar, a outra versão do mesmo quadro).

Nos afastamos para tirar a roupa a toda velocidade; depois lhe tomei o rosto entre as mãos e a beijei novamente, beijei-a com alegria, com necessidade, com sede, e também com o prazer que ela enviava de sua boca para a minha. Então vi de relance a japonesa à porta, a menos de dois metros de distância. Parei. Vera levantou a cabeça. Nos olhamos, nos olhamos os três. Soube que a decisão seria da Vera; não por isso meu coração começou a bater mais forte, mas sim, tomei consciência dele.

Acho que dessa vez os silêncios foram três, isto é, um total de seis segundos. Tempo demais. Finalmente, a japonesa disse:

— Desculpe — com voz de verme —, eu não sabia que... Preciso ir.

Vera fez um silêncio, um silêncio agora sem tempo, um silêncio no silêncio, agônico, enorme. Depois, finalmente, concordou.

Uma mulher de cabelo vermelho falava para um homem careca: "Você é uma das vinte pessoas mais importantes da minha vida". Um soldado já velho demais para ser herói gritava: "Venham, seus porcos!". Ao som de risadas gravadas, dois homens beijavam-se e, ao se separar, um falava para o outro: "Me diz que não é verdade". Um jornalista logorreico diante de um aiatolá maquiado, uma senhora com voz de apito vendendo fones de ouvido Uau, uma sessão na Câmara dos Deputados, os gritos e as maldições de um grupo de religiosos armados até os dentes, a estridente voz em off do diretor de um programa de entretenimento sobre a imagem de um cabeleireiro ridículo e famoso que tentava acertar uma bolinha de pingue-pongue num aro de basquete... Passei por todos os canais até Vera sair do banho e se sentar num banco à minha frente, nua, secando o cabelo com uma toalha.

— É impressão minha ou na televisão eles falam mais que no rádio? — disse.

— Três meses não é nada.

— Vinte anos não é nada, três meses é tempo demais.

Desliguei a televisão.

Vera fez um gesto de impaciência.

Liguei a televisão de novo e durante longos minutos tentei prestar atenção no que estava falando um adolescente sentado num pufe e uma mulher hipercinética e caprichosa que se mantinha em pé e que apesar de tudo não se afastava um só milímetro do lugar indicado a ela pelo diretor.

Uma cena escrita para ganhar espaço, algo que depois se via no tempo; mera administração do espaço do roteiro. Eu mesmo tinha escrito um milhão de cenas mortas como aquela, contando as páginas, ansioso por chegar ao final e tomar um banho e me servir um uísque e pensar em algo para mim, em algo que eu quisesse escrever ou mesmo ver, se é que eu teria a sorte de conseguir pensar em algo. Em geral a vida dá aos escritores o tempo necessário para escreverem algo bom, uns cinquenta anos, digamos, e depois, tenham eles conseguido ou não, ela os mata.

Quando terminou a cena, Vera se levantou e saiu sem dizer nada, à exceção de seus pés descalços, que pediam por favor para não serem seguidos.

Naquela noite tive o seguinte sonho. Diana tinha conhecido um homem cujo sobrenome era Bergue, ela se apaixonava por ele e ele por ela, e Diana vinha até a casa de Vera para me contar. Me dizia: "Quero passar o resto da minha vida com ele". Percebi que as mãos dela tremiam, mas que estava feliz. Eu adivinhava que o tremor tinha a ver com o fato de que estavam planejando ir morar em outra cidade, talvez em outro país, e que, portanto, eu só veria o Julián uma vez por ano, com sorte, mas que a decisão estava tomada e era irreversível. Naquele momento passou pela minha cabeça com a velocidade de um raio a imagem de uma casa na praia; Diana estava sentada diante de uma velha máquina de escrever perto da janela, mas não estava escrevendo: olhava para fora com certa melancolia, o queixo apoiado no vazio na concha de uma mão, o cotovelo apoiado na mesa, a mesa apoiada no chão e o chão apoiado em estacas, sobre uma das quais Bergue tinha gravado com um estilete as iniciais dele e as de Diana. Bergue, alto, musculoso, de ombros largos, retinto e com uma diminuta sunga preta que mais parecia uma mancha de tinta, caminhava naquele momento pela areia em direção onde estava Diana, carregando algo na mão enquanto Julián aparecia por trás, recém-acordado, e a abraçava com um ronronar amoroso; eu entendo que Diana seria completamente feliz se eu desse minha aprovação e que aquilo era talvez o que ela tivesse vindo procurar. Perguntei a ela se queria que eu falasse com o tal do Bergue e ela fez que sim ansiosamente com a cabeça; mais do que isso, Bergue estava lá perto, no carro, esperando. Eu ia até ele e me encontrava exatamente com o homem que tinha imaginado; sentava-me ao seu lado e dizia que, por favor, cuidasse de Diana e de Julián, e ele me respondia para eu não me preocupar, que logo eles se esqueceriam de mim. Eu ficava gelado, paralisado. Mas, então, ele soltava uma gargalhada enquanto me dava uns tapinhas nas costas e me dizia que óbvio, que obviamente iria cuidar deles: ele os amava. E de repente Julián, que tinha ficado escondido no banco de trás durante nossa conversa, me tapava os olhos com as mãos e perguntava: "Adivinha quem é?"; "Sebastián?", dizia eu acompanhando a brincadeira; "Não", dizia Julián; "Ivan?"; "Não."; "Ramiro?"; "Isso.", dizia ele, e eu me virava e realmente era Ramiro, e não Julián. Mas Julián estava ao lado dele. Ramiro era um novo menino, talvez filho de Bergue. Depois eu saía do carro, abraçava Diana, ela ia para o banco da frente, bastante aliviada, contente, e Bergue engatava a primeira e se afastava dali a toda velocidade. Eu começava a chorar. A metade do choro era de dor; a outra era de raiva. "Eu sou um idiota, deixei ela ir embora, eu sou um idiota!", dizia a mim mesmo. Então alguém atrás de mim afirmava com a voz pastosa: "Isso é verdade". Eu me voltava e me via cara a cara com o ex-ator do paletó xadrez, que me apontava uma arma.

Vera não estava (tinha uma sandália na sala, outra na cozinha, a toalha no chão do banheiro), então saí para dar uma volta. Tinha caminhado menos de um quarteirão quando percebi que havia esquecido o celular; voltei para pegá-lo. Encontrei-o ao lado do telefone fixo, tocando como ele.
Atendi.
A secretária do gerente de programação disse para irmos até lá, que o gerente queria nos *ver* (não éramos pessoas que integravam uma equipe e sim cada um de nós *era* a equipe, de modo que sempre falava no plural).

— Vocês já falaram com o Trini? — perguntei, retribuindo-lhe a graça.
— Como?
— Quero saber se vocês já ligaram para o Trini...
— Nós?
— Fiquei em silêncio.
A secretária disse:
— Entendo, ah... — Uma expressão das mais estranhas: "Entendo, ah". — Íamos ligar para ele agora. Vocês vêm, então?
— Eu vou. O Trini eu não sei, imagino que sim. Ele vai responder a vocês quando ligarem para ele.

Desliguei e tive a impressão de que a casa ia desabar sobre mim. Fiz menção inclusive de proteger a cabeça com os braços. O curioso era saber o tempo todo que eu estava exagerando... Cheguei a pensar que minha angústia, a angústia causada pelo chamado para a reunião, onde eles iam me dizer que o programa estava fora do ar e que eu ficaria sem trabalho até segunda ordem, a angústia era capaz de sugar tudo, começando pela poltrona de couro preta onde eu costumava me jogar ou me afundar para ler ("me jogar" de me jogar fora, "me afundar" de naufragar), mas logo entendi que não era o que estava acontecendo: percebi, pela primeira vez, de modo consciente, que em casa não havia *nada*, absolutamente *nada* que fosse *meu*, exceto alguns livros e, claro, meu computador e minha roupa. As coisas com as quais eu tinha vivido antes de me instalar na casa da Vera estavam amontoadas num quarto nos fundos: minha mesa, minha cadeira, meu tapete, meu colchão, minhas luminárias, os pratos e talheres em uma caixa, a geladeira e a televisão e a cama em um guarda-móveis; *tudo*. Eu já sabia, claro, mas nunca tinha me dado conta. "O Julián fica preocupado porque diz que você não tem nada", Diana comentou comigo uma vez e eu não dei muita atenção, atribuindo o comentário a certa malícia causada pelo despeito. Julián gostava de vir em casa, à casa de Vera; ele se dava bem com ela, brincavam juntos e tinham até longas conversas que eu ficava escutando, surpreso, porque eu mesmo nunca tinha falado tanto com nenhum deles. Então Julián também percebia?

Tinha alguma importância? O que eu teria a dizer *do parti-pris das coisas*, como o título de Francis Ponge? Talvez "não somos suas"? Quando me apaixonei por Vera, lembro-me perfeitamente, me apaixonei também por várias coisas dela: as botas, a caneta, seu carro, um jogo de taças, um bloco de capa de alumínio onde ela tomava notas e desenhava, uma pulseira da Índia, a escrivaninha, a caixa de madeira de incenso onde ela nunca guardava nada, o computador, um vestido azul, as plantas do jardim, uma longa série de coisas singularizadas ou sensualizadas pelo amor, como por contágio ou por um derramamento. Não era ilógico pensar (agora que as combustões do fetichismo tinham parado, diante das cinzas ainda fumegantes) que aquelas mesmas coisas, mas, mais do que tudo, *as outras*, aquelas com as quais nunca tinha me relacionado para além da mera funcionalidade... Nem vale a pena dizer. Não vale a pena, não tem sentido. Na verdade, tem sentido sim, eram sinistras, sinistras, agora que ela estava me abandonando, suas coisas eram sinistras. A casa era-me alheia, o mundo inteiro estava de repente imóvel. A única coisa que se mexia, a única coisa que naquele momento se mantinha ativa, perto ou longe dali, era Vera; enquanto eu nem piscava, sozinho entre suas coisas, ela se mexia como uma faca para cima de mim.

Como seria fácil para o Centro de Extração de Ovários dar uma voltinha em Berlim!

Finalmente, o único momento dramático da reunião aconteceu quando Boas, o Gerente de Programação, perguntou-me o que eu tinha achado do livro do Osho. Disse a ele que tinha adorado, que tinha lido como (incrível, porém real) pai e pessoa, e ele, com a mesma desconfiança com que examinava nossos roteiros para se certificar de que tínhamos tomado o caminho certo, que era o de suas próprias ideias, isto é, o das ideias roubadas, perguntou-me o que era que eu *mais* tinha gostado. Em linhas gerais — titubeei — tudo. E em particular? Bom, muitas coisas. Por exemplo? A percepção intuitiva do enorme leque de estados anímicos, sempre instáveis, respondi lançando mão de um ensaio do Lévi-Strauss que tinha lido naquela mesma tarde, um pouco antes de sair para a reunião, procurando me iluminar sobre o assunto das coisas (no sentido de objetos), com o cuidado de trocar o termo "matéria" por "alma". A percepção intuitiva, isso. Sabia a arte heráldica, por exemplo, quando imaginou as coroas que aqueles objetos reproduziam por sua forma estados fugidios da matéria? Uma coroa oferece a imagem exata do respingo de uma gota de leite caindo no meio do líquido. Vocês sabiam disso? Claro que não. Quem inventou as coroas reais ou imperiais chamadas de "fechadas" tinha como saber que a explosão de uma bomba atômica produziria durante uma fração de segundo um protótipo que a natureza mantinha em segredo? Não, eles não tinham a menor ideia, as coroas são o resultado de uma percepção intuitiva de estados instáveis da matéria, quero dizer, da alma — corrigi perigosamente. — O Osho, sim.

— O Osho sim, o quê? Não estou entendendo...

— O Osho sim diz isso. O Osho diz. Diz que o espírito humano é capaz de conceber essas formas muito antes de a existência real dela ser revelada — breve pausa. — E além do mais tudo o que ele diz da criança é verdade.

— Não lembrava de o Osho falar de coroas — disse Boas, franzindo a testa. — Gostou das piadas?

— Piadas?

— As piadas que ele conta no fim...

— Não cheguei no fim ainda.

— Ele diz que um homem entra num bar e fica surpreso ao ver um cachorro sentado à mesa com três homens, jogando pôquer. O homem pergunta: "O cachorro realmente consegue ler as cartas?". "Claro que consegue", diz a ele um dos homens. "O problema é que ele é muito mau jogador. Sempre que ele tem uma boa mão, balança o rabo." Não é genial?

— Ótimo.

— O coitado do cachorro não consegue conter sua alegria — disse, rindo com um espasmo salpicado de emoção. — Que ótimo... Eu vou comprar de novo, quero ver essa história das coroas que você falou que eu não entendi patavinas. Bom, vamos trabalhar.

Queria um pouco mais de ação, isso era tudo. Uma morte, um golpe baixo, outro casamento, algum sequestro, mais beijos, mais sexo, mais disso, estava meio indecente. "Toda a carne na grelha" tinha sido o lema dele no começo da novela, contradizendo uma vida profissional inteiramente dedicada à divisão do nada, à expansão do mínimo, no melhor dos casos; agora não tinha jeito de voltar atrás, o jogo já estava jogado, nós também, o que podia ser feito já fora feito e os dois únicos caminhos que restavam eram o sublinhado e o impossível.

Muito bem, lá vamos nós.

Já em casa falei pelo telefone com o Julián: "Não queria ter um irmão, papai. Ele ia comer as coisas que eu gosto", me disse. O verdadeiro livro das crianças.

Vera chegou no meio da tarde. Como sempre, trazia boas notícias. Dessa vez era do trabalho, um roteiro de um filme de gênero. Terror. E queria escrevê-lo junto comigo. Um alívio para mim, que previa, nos desesperados pedidos de ação de Boas, o fim da novela. O alívio teria sido enorme se eu não tivesse visto o ex-ator do paletó xadrez rondando a casa umas horas antes.

Contei para Vera naquela mesma noite e repeti a história no dia seguinte quando estávamos indo para a casa do Láinez em Del Viso. Vera sorriu e disse secamente que eu achava todo mundo perigoso.

— Eu não disse que ele era perigoso. O que eu disse foi que é preciso ficar atento. É claro que ele me espiona e que temos que ficar atentos, nada além disso. Atentos. Está me escutando, Vera?

A casa do tal Láinez (Meu Deus, quase me esqueço de dizer: *Trini* falou da Vera para o Láinez, *Trini* recomendou a ela, ferindo meu orgulho com um golpe que ainda me doía quando o imenso portão coberto de trepadeiras fechou-se após nossa passagem) ficava no centro de um parque rodeado de muros, com árvores centenárias, à sombra de uma das quais havia uma menina debruçada sobre umas folhas de papel que o vento fazia se agitar entre seus dedos e que ao nos ver se levantou e correu a nosso encontro. À medida que se aproximava, diminuía a velocidade. A uns dez metros de distância seu passo já era normal e, dir-se-ia mais por inércia que por cortesia, chegou a ficar ao alcance de um braço estendido, embora não o suficiente para que lhe déssemos a mão, e disse, contrariada:

— Desculpa, confundi vocês...

Ela nos apresentou a Láinez cinco segundos depois. Chamava-se Alexandrina. Era filha dele. Era poeta, a julgar pelos retângulos de tinta (estrofes, sem dúvida) com que tinha decorado ao menos a folha visível das muitas que trazia na mão.

Láinez estava todo vestido de branco: camisa, calça, sapatos, cabelo, barba e até a pupila do olho esquerdo. (O que me fez lembrar de um texto sobre "o branco" de Erik Satie.) A primeira coisa que fez foi *obrigar* a filha a nos recitar o que tinha escrito; depois, enquanto Alexandrina se distanciava correndo para se trancar em casa e chorar, nos levou a uma mesa perto da piscina de natação, uma mesa em cima da qual a empregada deixava jarras e mais jarras de sucos e de água e de café. Fazendo referência ao que a filha tinha escrito, ele perguntou:

— O que vocês acham da poesia, tem futuro?

Queria dizer "O que vocês acham da poesia *da minha filha*" e se "*minha filha* tem futuro como poeta".

— Eu não entendo nada de poesia — disse Vera —, mas diria que sim. É sensível. Soa bem.

— O interessante é que dizendo duas vezes, Alexandrina dá um alexandrino — eu disse.

Láinez me olhou feio.

Vera me livrou no ato (eu gostava dela também por essas coisas):

— Isso — aprovou, rindo —, é verdade, mas o curioso é que ela escreve octossílabos:

É a magia da vida,
o sal da vida, o sal,
vez primeira que a lua
ilumina junto ao sol.

Terrível.

O mais provável é que Alexandrina tivesse perdido a virgindade na noite anterior; enquanto Vera e eu discutíamos sobre a viagem dela a Berlim, mas ele não percebia, o Láinez...

Nos sentamos à mesa.

Láinez disse:

— Suco?

E enquanto servia um café a cada um de nós, foi direto ao ponto. Assim como eu tinha dedicado minha vida ao ar, ele tinha dedicado a dele à energia: entre os anos de 1996 e 2003 tinha sido dono de um posto de gasolina, que vendeu, e entre os anos de 2003 e 2006 tinha se "entregado", disse, "ao reiki e outras ervas". Estava cansado daquilo tudo e, além do mais, sentia-se vazio e culpado; disse que conseguia entender perfeitamente a sensação de vazio mas não a de culpa, até que uma noite foi para a cama com uma atriz "cujo nome não vou dizer" (eu pensei imediatamente em uma, mas posso estar enganado, claro: a lista das musas argentinas é tão vasta como em qualquer lugar do mundo) e ela o fez "ver" que ele tinha, desde sempre, uma dívida com a arte: sua sensibilidade, os gritos de sua sensibilidade não podiam nada além disto: "cinema, cinema, cinema".

A partir daí fez uma série de comentários bem azeitados sobre o funcionamento da indústria e eu senti que era o momento adequado para pedir um uísque, algo que ele agradeceu com um sorriso: estava morto de vontade de beber. Chamou a empregada pelo celular, mas dava sempre ocupado (Alexandrina contava ao amante dela a humilhação a que fora submetida pelo pai momentos antes, e também combinava um novo encontro para aquela noite), de modo que não teve outro remédio a não ser se levantar e ir pegar ele mesmo. Quando Vera e eu ficamos a sós, perguntei se ela achava que a coisa era séria, e ela disse que não.

Então, levemente deprimidos, desviamos o olhar para a piscina. O que vimos nos deixou mudos. Acho que fui eu o primeiro a falar:

— Aquilo é um tubarão?

— Meu Deus... — disse Vera.

Nos levantamos ao mesmo tempo e fomos lá ver. Sim, não havia dúvida, na piscina havia um tubarão. Não era um tubarão muito grande — devia ter um metro e meio de ponta a ponta — mas era um tubarão. Ziguezagueava em câmera lenta, indo e vindo pelas bordas da piscina, com sua barbatana submersa mas ainda assim *cortando* a água.

Vera se inclinou na borda para olhá-lo de perto. *Não* temi que ela pudesse cair — uma prova de amor, apesar de que o temor teria sido uma prova igualmente valiosa —, mas pedi a ela para se afastar.

Naquele momento Láinez voltou. Trazia uma garrafa de uísque e três copos numa bandeja.

— Não tem problema, não tem problema nenhum — disse ao me ver. Eu tinha dado um passo para trás e tinha toda a pinta de que daria outro, e outro, e outro, até pular o muro para fugir de lá. — Ele está muito bem alimentado. Querem nadar com ele? — convidou.

— Nadar? — eu disse.

— É muito bom — disse Láinez, colocando a bandeja na mesa. — E ao mesmo tempo... — interrompeu-se, talvez para se concentrar na medida do uísque, talvez para sugerir que havia *sempre* algum perigo, por melhor que fosse o tubarão.

— Como assim *nadar*? — repeti.

— É toda uma experiência — comentou Láinez com um sorrisinho.

— Não trouxe biquíni — disse Vera.

Olhei para ela. Como assim "não trouxe biquíni"? Estava pensando em entrar na piscina com um tubarão?, disse a ela com o olhar. Vera disse com a voz:

— Por que não?

— Esta garota e eu vamos nos entender muito, mas muito bem — disse Láinez. Colocou o copo de uísque na minha mão e se inclinou para me falar no ouvido: — Sabe se ela está com alguém, se tem namorado?

Disse a ele que ela estava comigo e Láinez ergueu as sobrancelhas, surpreso. Achava que éramos só colegas de trabalho. Chamou a atenção dele o fato de Vera estar com um homem bem mais velho que ela, o que era um absurdo, considerando que ele era um homem ainda mais velho que eu. Levantou-se e foi até a borda da piscina, onde trocou com Vera algumas palavras que não consegui ouvir. Depois foram caminhando até a casa, excitados como duas crianças a ponto de fazer algum tipo de travessura. Disquei o número de Trini no meu celular, e quando ele atendeu perguntei quem era Láinez. Ele me respondeu que era um cara com muito dinheiro e "com vontade de fazer coisas". E o que mais, perguntei. Não sei, não o conheço, disse. Ao fundo, ouvi a voz de Nudler perguntando a Trini com quem ele estava falando. Desliguei.

Vera tinha posto um biquíni da Alexandrina, cujas medidas eram exatamente as contrárias, o que lhe dava certo ar obsceno: a calcinha era grande e parecia que ia cair, enquanto o sutiã, pequeno, dava a impressão de que ia arrebentar. Láinez, por sua vez, tinha vestido um short branco, de um branco intenso, como que esmaltado, que brilhava e obrigava a desviar a vista.

— Não faz isso — eu disse a ela —, não tem necessidade.

— É um minuto — ela respondeu como se na água houvesse um pato. — Não se preocupe.

— Onde fica a chave geral do gás?

— Como?

— A chave do gás, o registro da água. Vou ter que fechar tudo e fechar a casa se alguma coisa der errado. O conserto do telhado já está pago?

Ela me abraçou.

— Estou achando que vou gostar disso — disse. — Está ouvindo como meu coração está batendo?

— É o seu?

— Vera! — chamou Láinez do outro lado da piscina.

Fomos para lá. Láinez estava parado na borda, na escada; percebi que em seu peito, da cor do cobre mas com a textura do couro, começavam a se eriçar um milhão de pelinhos brancos. Perguntei se o tubarão já tinha comido naquele dia e se tinha comido bem, e Láinez fez que sim e disse que ele não aguentava nem um amendoim. Vera riu. Estava nervosa, e contente por se sentir assim.

— Isto aqui é muito melhor que cocaína — disse Láinez —, o efeito dura o dia todo.

— Não imagino um traficante de tubarões dando voltas pela cidade — disse, mas eles já não estavam me escutando: a adrenalina os tinha encapsulado em uma bolha diferente da minha.

Láinez disse a Vera para prestar atenção no que ele ia fazer — fazia isso toda manhã — para que depois ela fizesse exatamente igual. Estavam proibidas as variações. Não podia confiar — em momento algum — e muito menos se deixar levar pelo sentimento de que entrou em sintonia com o cosmos e esse tipo de coisa. "Isto não é o cosmos, isto é uma piscina de natação com um tubarão-cabeça-chata dentro", disse Láinez com o dedo erguido.

— Cabeça-chata? — perguntei. — Não é a espécie mais agressiva de todas? Vera, os tubarões-cabeça-chata são mais agressivos que os tubarões-brancos...

— Bom, aí vamos nós — disse Láinez.

O primeiro movimento já me assustou. Quando Láinez colocou o pé na água, o tubarão, que naquele momento nadava para o lado oposto, deu a volta no meio do caminho. Tinha sentido (ou talvez farejado) o pé de Láinez no primeiro degrau.

— Uau... — disse Vera baixinho.

O tubarão chegou até a escada ao mesmo tempo que Láinez colocava o outro pé e, com um pequeno movimento do rabo, descreveu uma curva e voltou a se afastar. Láinez terminou de descer a escada. Depois, milímetro a milímetro, entrou na água até o pescoço, mexendo só as mãos para ajudar a se manter equilibrado. O tubarão continuou nadando em círculos, se aproximando e se afastando e se aproximando e se afastando, mas agora com o dorso curvado: estava incomodado. Por fim, Láinez enfiou a cabeça na água.

— Vai comer — eu disse. — Isso é loucura. Vai comer a cabeça dele.

O tubarão deu algumas voltas mais, sempre com a mesma velocidade, descrevendo sempre a mesma curva, até que ao passar perto de Láinez pela terceira vez, este estendeu um braço e lhe tocou o rabo. O tubarão se sacudiu e se afastou, dando uma volta mais curta, como se já não quisesse passar perto de Láinez, mas ao mesmo tempo dava a impressão de estar mais e mais irritado; então Láinez tirou por um instante a cabeça da água, encheu os pulmões de ar, voltou a mergulhar e nadou até o centro da piscina, obrigando o tubarão a girar ao seu redor.

— Isso você não vai fazer — eu disse a Vera.

Láinez rodava em um ponto, sem tirar os olhos do tubarão, que por sua vez mantinha os olhos nele; aquilo durou uns dez ou quinze segundos. Depois, sempre girando, esticou o braço em direção ao tubarão e abriu e fechou várias vezes a mão como uma garra.

— Está provocando? Esse velho à toa provocando um ser milenar?

Finalmente Láinez investiu o que lhe restava de oxigênio para retroceder até a escada, onde subiu rápido e sorrindo.

— Uau — uivou assim que tirou os pés da água.

— Eu falei a mesma coisa — disse Vera.

— É incrível — Láinez sacudia as mãos como se toda a tensão tivesse se depositado nelas —, é realmente incrível, é uma sensação que... Sem palavras. Mergulhar com tubarões em mar aberto é brincadeira de criança se comparado a isso.

— Não tenho a menor dúvida — disse eu. — Vera, isto é uma roleta-russa, não tem sentido. Vamos sentar lá e falar sobre o filme...

Vera vacilou por um momento.

— Você viu o que eu fiz? — Láinez perguntou a ela. — Pois bem, você pode fazer tudo isso sem nenhum risco; o que você não pode fazer é ir para o meio da piscina. Isso você não pode fazer. O bicho não ia te atacar, mas ia te dar trabalho para sair; porque você teria que quebrar o círculo dele, e para isso é preciso de um pouco de prática. Seu amigo tem razão em parte: isso tem *algo* de roleta-russa, sim. Com o pequeno detalhe de que o tubarão está muito bem alimentado e que, além do mais, nenhum tubarão ataca por atacar. Esta é minha casa. Você acha que eu te colocaria em perigo, *na minha própria casa*, com um tubarão numa piscina? Não, minha querida, não tenho nenhuma vontade de passar um ano trancado na cadeia.

— Só um ano?

— Seja lá quanto for.

— Láinez, se o tubarão comer minha namorada você esvazia a piscina e faz a gente desaparecer, incluindo eu mesmo, claro.

Láinez riu.

Vera disse:

— Quero entrar. Tenho vontade. Percebi que morro de vontade de entrar. — Seus cílios estavam mais separados que de costume, como se efetivamente ela já tivesse entrado.

Naquele momento, Alexandrina saiu da casa, gritando:

— Não faz isso, papai, por favor, não faz isso!

Láinez a dispensou com um gesto.

— Ela sempre faz essa piadinha tonta — disse, impaciente.

Então, enquanto Vera colocava um pé na água e o tubarão parava na metade do caminho e se voltava para ela, pensei de repente que não era um tubarão, mas um animatronic que Alexandrina guiava por controle remoto lá da casa e que tudo aquilo não passava de uma comédia. Aproximei-me para olhá-lo bem e me agachei na borda.

— Fique tranquilo — me disse Vera.

Agora era eu que não a escutava; toda minha atenção estava voltada a captar alguma prova do truque. O tubarão passou debaixo de mim umas seis ou sete vezes antes de Vera terminar de mergulhar, e a única coisa que consegui foi perceber que os tubarões verdadeiros têm aparência de falsos, desde a textura de material inorgânico da pele até a famosa frieza do olhar.

Agora o cabelo da Vera ondulava-se debaixo d'água como uma medusa. No começo, o tubarão comportou-se do mesmo jeito que antes com

Láinez, desenhando os mesmos ovais abertos e mais fechados assim que Vera encostou no rabo dele, mas em determinado momento nadou diretamente em sua direção. Eu, que continuava acocorado na borda, percebi que um pé de Láinez entrava no meu campo de visão.

Meu Deus, pensei.

O avanço do tubarão na direção de Vera durou menos do que se leva para dizer "Meu Deus", mas a sensação foi de ter rezado um pai-nosso. O pior de tudo foi que, depois de se afastar, voltou a se dirigir diretamente para ela. Levantei-me.

— Precisamos tirá-la — eu disse a Láinez.

— Psiu — disse ele.

Então, no terceiro avanço, Vera fez algo insólito: tocou-lhe o nariz. O tubarão se sacudiu e deu uma espécie de salto para trás. Agora nadava em círculos a toda velocidade, sem se aproximar nem se afastar um milímetro entre um círculo e outro, como um grão no sulco de um disco riscado.

— Muito bem — disse Láinez, como que querendo dizer "É o suficiente" ou "Chega".

Vera pareceu escutá-lo. Retrocedeu até a escada, da qual tinha se afastado apenas um metro ou dois, e subiu olhando para trás por cima do ombro. Quando terminou de sair e voltou a olhar para a frente, a primeira coisa que fez foi exclamar (com os olhos aquosos arregalados):

— Parece o Smile, de frente parece o Smile!

Abracei-a. Estava gelada.

— É fantástico! — disse, aninhando-se em mim. — Você tem que experimentar.

— Outro dia.

— Foi por um triz — comentou Láinez, pálido. — Comigo ele nunca fez aquilo. Posso confessar uma coisa? Eu me assustei.

— Eu também — disse Vera. — Eu o vi vindo em câmera rápida e pensei que tinha que bater nele, mas isso foi tão lento que não tive tempo nem de fechar o punho. Ele bateu em mim com a mão ainda aberta.

A empregada trouxe uma saída de praia para Vera e outra para Láinez, e nos sentamos por fim para falar do filme. Mas na verdade, sentar foi a única coisa que fizemos nesse sentido. Vera e Láinez se empolgaram numa troca de sensações sobre a experiência "do nado com o tubarão", como Láinez chamava. Apesar de ele, é preciso reconhecer, tentar de quando em quando encarar o assunto pelo qual estávamos lá, Vera o interrompia, emergia de um outro estado e o interrompia, oferecendo-lhe mais uma vez a possibilidade de se dobrar à sua emoção com a condescendência de um mestre brando, ligeiro, ocasional, rico e, como pudemos comprovar momentos depois, sem ideias.

Não tinha nenhuma ideia, nenhuminha. Nem sequer a metade de uma ideia. As ideias não eram seu forte, definitivamente. Vera e eu falamos disso na viagem de volta quase com a mesma surpresa com que falamos de sua "experiência" e de sua "loucura"; obviamente era ela quem falava em "experiência". Mas o certo é que eu, mesmo convencido de que tinha sido uma loucura, no fundo chamava o acontecido com outra palavra — em voz baixa até para mim mesmo: felicidade.

Que seus interesses sejam os mais amplos possíveis e que suas reações às coisas e pessoas sejam amistosas e não hostis: o motor da felicidade. Sem dúvida, Vera era uma garota feliz, feliz por ela mesma, e eu tinha a impressão de que era aquela a força que a impulsionava a aceitar, a confiar e a experimentar, e não por um senso de obrigação, nem porque pretendesse ganhar a admiração de ninguém, mas simplesmente porque *ela era assim*. Mas o efeito do que Láinez tinha falado não foi para Vera, e sim para mim, que não conseguia deixar de me remexer no banco enquanto ela estava serena e bem-humorada. Quando chegamos à sua casa, ela começou a escrever, como sempre, e não parou antes da meia-noite, não parou nem por dez minutos depois de ter começado — que suponho seja muito mais fácil de fazer do que parar ao fim de uma hora ou ao fim de quatro horas, já embalado —, não parou quando a japonesa tocou a campainha, nem mesmo meia hora mais tarde, quando a acompanhei de volta para fora (dizendo apenas para ela levar as uvas) e voltei a contar que eu achava ter visto o paletó xadrez do ex-ator surgindo de detrás de uma árvore. Ela limitou-se a desviar o olhar para mim e me dizer no tom de seu romance mas do que no deste mundo:

— E você acha que ele vai estar a semana toda com o mesmo paletó?

— Tem gente que não troca de paletó a vida toda — disse eu, mas Vera já tinha voltado a teclar.

Peguei uma escultura de Rodin (um *Pensador* de acrílico lilás comprado num shopping, de quarenta centímetros de altura, que um namorado anterior tinha dado de presente para Vera; confirmando o que eu achava dele) e saí para a rua com a esperança de que o ex-ator, se ainda andasse por ali, fugisse ao me ver sair da casa armado. Achei que o ex-ator não teria dúvidas sobre minhas intenções, a não ser que nos últimos dias tivesse visto outras pessoas passeando com uma escultura do Rodin na mão. Fui até a esquina, voltei e fui até a outra. Nada. Voltei à primeira esquina, dessa vez dando uma olhada nos carros estacionados no quarteirão (um exemplar da revista *Gente* em um Fiat Duna, um chapéu de mulher em um Land Rover azul) e lá dobrei e fui caminhando até a outra esquina, onde fica um restaurantezinho de carne charmoso chamado Claude.

Eram oito da noite, e o único aroma da cozinha mundial capaz de nos fazer ver estrelas já inundava o ar; entrei, sentei-me a uma mesa, e talvez obedecendo à minha alma, pedi meia peça de fraldinha. Pedi também uma garrafa de vinho tinto e fiquei olhando pela janela até que o garçom tirou a rolha no meu ouvido: *buuum!* Agradeci e tomei uma taça de um só gole, sem respirar; mas olhando à minha volta. Só então me esqueci do ex-ator. Pensei que Vera talvez tivesse vontade de comer comigo e, como não podia ligar porque não tinha trazido o celular, disse ao garçom, que agora estava colocando na mesa uma bandeja de lata com a porção de fraldinha, que eu ia sair um minuto e que logo voltava.

O garçom me olhou com desconfiança.

— Deixo o enfeite — disse a ele (o termo "enfeite" me pareceu mais apropriado do que "escultura", e muito melhor que "o Rodin") e fui até em casa o mais rápido que pude.

Vera, já impaciente com minhas interrupções, disse que não queria comer, que queria escrever; que a única coisa que tinha vontade de fazer era escrever; e eu voltei ao Claude pensando no paradoxo de que justamente quando decido sair de casa armado é quando mais oportunidades dou ao ex-ator para me atacar. Tinha ido e voltado sem o Rodin na mão, já de noite.

À mesa vizinha à minha tinha se sentado uma família típica (pai, mãe, filho, filha) argentina (o homem olhando para o Rodin, a mulher falando algo em voz baixa para ele, a filha tentando ouvir o que a mãe dizia, o filho com cara de bunda). Mal começo a mastigar a primeira porção (outra característica da típica família argentina: a pontaria), o homem me diz que a esposa dele quer saber onde comprei o Rodin. Disse que não sabia, que era um presente de meu pai e que fazia muito tempo que não o via. Minha resposta pareceu surpreendê-lo, e não sem motivo: se fazia tanto tempo que não via o meu pai, o que eu estava fazendo com o presente dele na mesa? Boa pergunta, ouvi-o dizendo à esposa depois de ter transmitido a ela o que eu dissera. Em vez de resumir e dizer "não sabe", tinha se excedido dando a ela os mesmos dados com os quais eu tinha me excedido: um assunto ótimo para uma conversa ("Será que ele é louco?" et cetera). Para coroar a situação, por puro acaso, quando estava no meio da fraldinha e na segunda garrafinha de vinho tinto, entrou no restaurante um poeta dos bons — apesar de gauchesco —, de sobrenome Infante, com quem eu tinha convivido vinte ou vinte e cinco anos antes, durante uns meses, por conta de um acidente de barco atravessando o rio Paraná. O barco pegou fogo a cem metros de uma ilha, e nós e um turista norueguês que tinha atravessado um rio nos atiramos de cabeça na água antes que o barco explodisse.

— Puta que pariu, você não é o...? — exclamou Infante ao me ver.

Fiz que sim com a cabeça. Foi o suficiente para o poeta me abraçar.

Depois de nos colocarmos em dia sobre o curso que tinham tomado nossas vidas (ele achou minha vida tão interessante quanto eu a dele), reparou logo no Rodin.

— Um presente que comprei para minha esposa — disse ("esposa" me pareceu mais adequado do que "mulher", e muito mais do que "namorada", considerando minha idade).

Infante ergueu as sobrancelhas.

— Me desculpe o que eu vou te falar mas é uma imbecilidade — assegurou. — Se eu der isso de presente para minha namorada, ela joga na minha cabeça, sem querer te ofender.

Perguntei:

— Por quê?

Disse;

— Não sei, pense comigo. Há quanto tempo você está casado?

— Pouco.

— Com razão — disse Infante. — Cuida dela se você gostar mesmo da moça, com coisas como essa, ela vai te deixar. São gestos, sei lá. Você gosta dela ou não? — Tinha a habilidade de parecer bêbado mesmo antes de começar a beber (na verdade não bebia, era abstêmio), motivo pelo qual se permitia grandes rompantes de confiança e sinceridade. Contei algo a ele, negou com a cabeça. Depois tirou do bolso de uma blusa de náilon que trazia enrolada em um braço seu último livro de poemas, *A noite e a outra noite*, disse que não me dava porque era o último que tinha e me ofereceu a leitura de um soneto em verso livre que não consegui entender. Na metade da leitura, deu uma acelerada, como se acabasse de se lembrar de algo, leu o resto apressado, levantou-se, me deu a mão e partiu.

Eu empunhei a estatuazinha e voltei para casa, agitando-a na escuridão.

8

Um homem de meia-idade ("pacífico e virtuoso como uma caixa de cereais") dirige seu carro com a esposa e os dois filhos por uma avenida congestionada. Nesse dia, o homem está calado, ruminando algo. Até que uma mudança de semáforo o faz pôr repentinamente a cabeça para fora da janela e xingar aos gritos o motorista do carro da frente. O motorista xingado (um jovem "da mesma cor que seu carro" — uma BMW índigo), em vez de seguir, abre a porta, sai do carro e caminha em passos firmes até o homem, apontando uma arma para ele. A esposa dá um berro de horror que emudece os filhos. No tempo de um piscar de olhos compreende que o outro vai atirar nele, sente-se perdido, acelera e o atropela, "em legítima defesa". O jovem morre.

Os dois filhos do homem pacífico, que o amam, nunca mais serão os mesmos depois que viram o pai matando outro, e ele sabe disso, mas esse é apenas o primeiro elo de uma longa cadeia de desgraças; o jovem morto era filho — único, para piorar — de um falsificador de medicamentos que na década de 1980 tinha enriquecido com uma licença de importação de máquinas remarcadoras de preços e que agora investia em fazendas e gado. Vai se vingar. O homem pacífico percebe que não só a sua vida mas também a dos filhos e da esposa estão definitivamente arruinadas.

Era o fim ou, melhor dizendo, *um* fim. A partir dali, Vera retrocede; em vez de ir em frente, em vez de se meter nas consequências, com a lei, com a vingança, com o terror, escolhe reconstruir a história dos acontecimentos, uma somatória de fatos que se acoplam uns nos outros com sua carga de cola mortal e que levam o homem virtuoso a perder tudo em cinco segundos num domingo de sol.

A princípio não é nada mais que a causa imediata da sua irritação; depois, sempre retrocedendo, é a causa dessa causa, e a causa da causa dessa causa e, com isso, ao menos até onde se consegue ler, Vera constrói uma espécie de buraco negro que, em vez de sugar, expulsa tudo, incluindo um caroço de azeitona com o qual o homem quebrou um dente no meio de um almoço em que decidia seu futuro profissional e durante o qual *tinha* que sorrir. Apesar do título, *Sorte*, o romance não se mete com os joguinhos do destino ou do acaso, já que faz um trabalho de escavação obsessivo e até perverso à procura, precisamente, do que se encontra no caminho para o desastre.

A ideia de ir para trás é mais velha do que a de ir para a frente, mas o acerto de Vera consistia em contar sem bocejos uma vida feliz e, ao mesmo tempo, depois de ter nos feito conhecer o episódio final, consegue que leiamos "a história de um erro sistemático" com a tensão de tudo o que é inocente, com as fissuras de tudo o que parece pleno.

Em três meses tinha escrito já 112 páginas. Naquele mesmo tempo tinha se ocupado com setenta roteiros para televisão, tinha lido cinco ou seis romances, visto uns trinta filmes e sete peças de teatro, um show de acrobacias, três shows de rock, tinha jantado ou almoçado fora com amigos ou com colegas de trabalho umas sessenta vezes, tinha ido a umas dez ou onze festas, tinha viajado à Espanha, tinha se apaixonado, tinha escrito a primeira versão de um roteiro de cinema e tinha nadado numa piscina com um tubarão.

Ergui o olhar e me perguntei se Julián estaria assustado. Fazia já alguns minutos que começara a chover torrencialmente; todas e cada uma das gotas que batiam na janela tinham algo da luz dos relâmpagos e também de sua força.

Alguns dias antes da viagem de Vera, Nudler inaugurou uma exposição de dragões em seu ateliê no bairro da Boca.

O ateliê antes tinha sido uma casa de família, a família de Nudler: pai, mãe, um irmão esquizofrênico e ele. Os pais tinham ido morar em Israel cinco anos antes; tinham ido morar é um modo de dizer, porque morreram em um atentado terrorista no exato dia em que chegaram. Nudler internou o irmão num hospital psiquiátrico, pegou uma marreta e derrubou as paredes em cruz que dividiam os quatro ambientes, sem fúria, feliz por não ter mais que trabalhar no quintal e no jardim.

Ainda era possível ver as marcas das paredes no chão, volumosas como cicatrizes e cobertas com uma fina camada de óxido e limaduras de ferro. Brevemente: em determinado momento da noite um aquarelista ignorado tropeçou na rebarba de uma das paredes e caiu para trás, cravando no pescoço a asa de algum dragão. A ponta da asa, terminada em forma de unha, entrou na nuca e saiu pela frente, arrancando o pomo de adão. O aquarelista apertou os olhos como se suspeitasse de que algo ruim acabava de acontecer e não soubesse bem o quê; fez um gesto de pergunta com a mão para as pessoas com quem estava conversando e morreu enquanto elas começavam a gritar.

Aquilo tinha acontecido quatro anos antes. De modo que esta era a segunda exposição que Nudler fazia desde então. Sagazmente, o dragão assassino era a estrela da exposição; ocupava o centro do ateliê e era o único dos vinte dragões que tinha iluminação preferencial. Muitos dos presentes o conheciam, porque naquela ocasião uma revista alemã de arte e um jornal sensacionalista paraguaio, sempre muito bem expostos nas bancas de jornais da rua Florida, tinham publicado na capa a foto do aquarelista dependurado na asa do dragão, que compunha uma cena muito atraente, não só pelo cadáver, mas também porque o dragão voltava a cabeça para ele e o olhava, como se Nudler houvesse previsto de algum modo a tragédia.

Agora os vinte dragões tinham a mesma virada de cabeça para a ponta da asa levantada, o que impregnava a exposição de um suor conceitual, de uma impressão geral de anzol que extasiava os críticos e obrigava todo mundo, inclusive os críticos, a se movimentar com grande cautela.

A exposição não apenas revivia o aquarelista, isto é, alguém que tinha trabalhado nas antípodas materiais de Nudler com suas grandes placas de ferros retorcidos e faíscas e marteladas e mãos feridas com fogo azul, como também o transpassava de novo, sugeria a possibilidade e até o desejo de que sua morte se repetisse, dessa vez encarnada em outro ator; sem ter já a menor importância a sua ocupação. O efeito era de medo, de indignação, de surpresa, de histeria, de nojo, mas tudo montado sobre a base da superstição paranoica, que era o efeito principal. Uma mulher que apertava nas mãos uma bolsinha dourada dizia a um homem que apertava um testículo com a mão no bolso que tudo na vida acontece sempre ao menos duas vezes e que o fato de eles estarem lá naquela hora *já era* um tropeço.

— Já podemos ir embora — sugeriu o homem.

— Eu só penso nisso, mas você acreditaria se eu dissesse que estou tão aterrada, tão paralisada, que não me atrevo a dar nem um passo por medo de tropeçar? Você percebeu como o chão é desnivelado? Viu como as pontas destas asas estão afiadas? Talvez eu devesse tirar o salto, mas e se eu cair ao me abaixar? E se alguém me vir saindo descalça ou machucada? Eu preferiria sair descalça, mas para isso teria que me mexer e não consigo, preciso de ajuda, é impressionante como estou estranha. Eu devia tomar alguma coisa. Não, não, por favor, não me deixa sozinha, alguém pode me empurrar. Este salto... E eu também não estou falando em tomar álcool, não é disso que estou falando.

Perto dali alguém contava para outra pessoa a história de um cortador de grama que tinha decepado os dedos dos pés de três pessoas seguidas, a primeira tinha presenteado a segunda e a segunda a terceira, até que ela o matou com um tiro de escopeta.

Vera passeava contente entre as pessoas, escutando as conversas e parando de quando em quando para cumprimentar os conhecidos. Então vemos Horacio Tambutti, o único escritor — como dizer? — "profissional" amigo de Vera. Os amigos de Vera (uma bióloga e quatro ou cinco ex-colegas de escola que ainda estavam procurando o destino, sem contar os roteiristas) não tinham absolutamente nada a ver com a literatura, uma margem da qual Vera parecia ir se afastando pouco a pouco. Para ela, o negócio era escrever, todo seu entusiasmo e curiosidade estavam colocados exclusivamente em escrever, com uma independência quase assombrosa dos outros ramos da atividade, para dizer de algum modo, incluída aí a amizade com outros escritores e a obra desses outros escritores, contemporâneos seus. Não lia revistas especializadas, não fuçava na internet, não ia a lançamentos de livros, as indústrias universitária, jornalística e editorial eram tão desconhecidas para ela quanto as luas de Urano; não estava "ao alho", como falava Nudler sobre ele mesmo, apesar da idade dela, escrevia melhor que muitos escritores que não poderiam nem ser chamados de principiantes; pelo contrário, eram bastante profissionais, já tinham transformado suas obras em carreira e suas vidas em um molho à provençal, para continuar com a metáfora do alho.

Tambutti (trinta e cinco anos, cachos na nuca) era o líder da facção vanguardista, ou tinha sido, na época em que bancava suas experiências dirigindo um táxi (quer dizer, quando passava dez horas dirigindo um táxi, dez horas escrevendo e quatro tendo pesadelos), até que um episódio policial o catapultou à fama. Agora mesmo estava voltando de uma turnê de lançamento de seu último livro — pelo México, Chile, Colômbia e Venezuela — intitulado *Um momento*, no qual narrava os acontecimentos prévios e posteriores ao que ele mesmo chamava de "o mais triste, sórdido, patético, idiota, ridículo e também terrível do mundo": certa tarde, na rua, percebeu que uma mulher estava olhando para ele. A mulher estava a uns dez metros de distância, em pé na calçada. No braço esquerdo tinha uma bolsa. Era atraente, sem ter por isso nada de especial, e era jovem, com uma dessas juventudes que não tem, por si só, nenhuma importância, ao contrário do "ar juvenil" de Tambutti, que o brindava com um encanto extra, colado como uma ventosa inorgânica ao halo de mistério que lhe conferia sua fé no que ele mesmo escrevia. Tambutti começou a se aproximar; ele dava um passo e ela outro. Ele um passo, ela outro. Faltava pouco para que a luz do dia se apagasse ao seu redor e para que não se ouvisse nada, além do metal da cidade. Uma vez que estavam um diante do outro, a mulher abriu a bolsa, ao mesmo tempo que Tambutti separou os lábios. Havia uma coordenação absoluta, disse Tambutti. Então a mulher sacou a pistola e meteu uma bala na cabeça dele.

Depois se soube que a mulher o tinha confundido com outro, mas Tambutti ficou sete anos em coma. *Um momento* narrava aquela experiência (não a do coma, claro, embora, sobre isso, ele tivesse se permitido licenças poéticas extremas) e foi um grande sucesso de vendas, um sucesso notável, imenso, descomunal. O episódio que quase o matou acabou lhe dando uma vida; agora Tambutti era rico, podia se dar ao luxo de não fazer nada, nem mesmo escrever; passava boa parte do ano viajando pelo mundo, dando palestras e entrevistas nas quais contava sempre o mesmo conto, ou exibindo-se com uma Harley-Davidson 1930 com sidecar. Não havia nada que ele gostasse mais do que quando lhe perguntavam *como foi*; seu sucesso estava baseado em um fato real e, portanto, as pessoas se aproximavam e perguntavam a ele como foi, sempre desejosas de um pouco de repulsa, o que ele satisfazia generosamente, tivessem o lido ou não.

Trini se aproximou, deu um beijo na Vera, apesar de já ter lhe dado dois, e quando Vera o apresentou a Tambutti, perguntou:

— Como foi que aconteceu, Tambutti?

Até aquele momento eu mesmo tinha sido presa da *enormidade* do sucesso de Tambutti mais do que de seus méritos ou suas razões, como se apenas sua dimensão tivesse me anestesiado. Mas ao ouvir a pergunta da boca de Trini e o começo da resposta de Tambutti, polida como um texto, me dei conta de que o assunto não tinha o menor interesse e que sua repercussão se devia não a um mal-entendido e sim justamente ao fato de ser fácil de entender e de vender, e também, claro, pelo acaso.

E naquele momento vi Diana; estava no extremo oposto de onde estávamos, falando animadamente com três ou quatro pessoas. Era a primeira vez que acontecia de Diana, Vera e eu estarmos num mesmo lugar. Diana não parecia ter me visto ainda; via-se que estava sozinha, relaxada e alegre. Pedi desculpas a Tambutti, disse a Vera que voltaria em seguida, me afastei e fui cumprimentá-la.

Um dos homens com quem Diana estava disse alguma coisa e ela jogou a cabeça para trás, rindo; depois me viu. Ergueu as sobrancelhas como se tivesse achado estranho me ver ali e se separou do grupo para vir a meu encontro. Eu não conhecia as pessoas que estavam com ela e nem fui apresentado a elas, mas percebi que já estavam indo embora. Diana e eu trocamos alguns comentários sobre a exposição, combinamos que eu iria buscar Julián no dia seguinte, e na hora em que os do grupo dela começaram a se dirigir à saída, Diana viu Vera do outro lado do ateliê.

— Ah... — disse.

Ia dizer mais alguma coisa, mas se calou. Me beijou no rosto e se uniu ao grupo em retirada.

Voltei para junto da Vera.

Pela janela vi Diana entrar num carro estacionado diante da oficina. Os outros se distribuíram em um carro que estava atrás do carro onde Diana entrou e que era dirigido por um homem cujo rosto não consegui ver; uma sombra, uma silhueta escura que levou a mão até o cabelo dela e lhe acarinhou rapidamente a cabeça antes de engatar a primeira e sair devagar, com todo o tempo do mundo pela frente.

— Então abri os olhos — dizia Tambutti. — Estava deitado. Por um momento achei estranho perceber que estava dormindo naquela hora do dia, às quatro da tarde, às cinco, às quatro e meia, mas em seguida vi que não era minha cama. Nem era o meu quarto. Era o quarto de alguma amante? Não me lembrava de ter ido para a cama com ninguém que não fosse a Vilma nas últimas semanas ("rá rá rá", acrescentou). Onde estava? Um silêncio espesso inundava o lugar. Puxei o cobertor que me cobria e, ao erguê-lo, algo me puxou pela boca, como um anzol... embora eu não devesse usar essa palavra aqui, com o perdão de Trini (Trini negou em silêncio com a cabeça, compenetrado no relato). Senti o mesmo puxão em um braço. Uma bolsa de soro balançava na minha frente. Confuso, deixei-me cair de novo na cama. A primeira coisa que pensei foi que tinha sido um acidente. A sensação foi muito estranha, porque não estamos preparados para sofrer acidentes: temos medo deles, desejamos que nunca aconteçam, tomamos nossas precauções, mas nem por isso aprendemos algo sobre o acaso...

— Isso é verdade — disse Trini.

— Muito menos estamos preparados para voltar daí — continuou Tambutti. — De modo que a sensação foi de fatalidade. Não fiquei contente por estar vivo; isso foi só mais tarde. Lembrei de que estava dirigindo, e ao me ver sozinho suspirei aliviado, como nos filmes. Imediatamente toquei nas minhas pernas. Estavam lá. Essa comprovação foi o suficiente para me deixar exausto, como se tivesse acabado de erguer um grande peso. Um minuto depois, já mais tranquilo, apalpei o restante do meu corpo. Curiosamente não incluí a cabeça. Estava *inteiro*. Não tinha nenhuma ferida. Talvez não tivesse sido um acidente, talvez tivesse sido um desmaio, pensei. Realmente, estava com o rosto ardendo. Estava suando, ensopado, mas tive a impressão de que até um minuto antes estava mais seco do que uma pétala de pano. Disse a mim mesmo que não havia nenhum motivo para me preocupar. E então entrou uma enfermeira. Devia ter uns cinquenta anos, quarenta e oito, quarenta e nove. Era uma dessas mulheres divididas pela cintura: bem magra da cintura para cima e enorme da cintura para baixo. A parte de cima entrou com uma expressão chateada enquanto a de baixo se movia com rapidez, com urgência. Me tirou o anzol da boca, substituiu a bolsa vazia de soro e se inclinou um momento sobre a tela de um monitor, à esquerda. Depois se voltou para mim. Já estava tirando a vista de cima de mim quando de repente reagiu e levou as mãos à boca. Saiu em disparada; a parte de baixo virou-se e começou a correr enquanto a de cima continuava me olhando com os olhos abertos como discos voadores. Meio minuto depois o quarto ficou cheio de médicos. Um deles se aproximou sorrindo e me perguntou se eu me sentia bem. Outro me colocou um termômetro. Os outros se dividiam entre o monitor e meu rosto. Falavam todos ao mesmo tempo, assombrados, contentes. Perguntei o que tinha acontecido. Disseram que eu acabara de acordar. Não fosse aquela resposta, em nenhum momento eu teria pensado que estava sonhando. *Acordar?* Era evidente que alguma coisa não estava bem. Qual o problema de acordar? "Você estava em coma", alguém me disse. Houve um silêncio e a mesma voz acrescentou: "Por sete anos". Arranquei o soro e fui até o banheiro. Todos estenderam os braços em minha direção, apenas estenderam, ninguém tentou me deter. Vou dizer rapidamente o que vi, gente. Eu me reconheci, claro, mas podia não ter me reconhecido, porque do mesmo modo que não estamos preparados para sofrer acidentes, percebemos as mudanças físicas apenas para trás, nunca para a frente... deixando de lado a imaginação. O que eu via era presente, e além de tudo impossível: a última imagem que eu tinha de mim não correspondia àquela. Estava mais velho. Naquele momento, sem a sensação da passagem do tempo, esperava me ver tal qual eu era na véspera. Foi um impacto. Meus joelhos dobraram. E no momento em que um dos médicos voou na minha direção para evitar que eu caísse, lembrei-me de tudo.

— Foi assim, foi realmente assim? — perguntou Trini, maravilhado.
— Não — respondeu Tambutti, olhando-o com impaciência.

Naquela noite, já na cama, enquanto Vera escrevia, perguntei-me repetidamente quem seria o homem que estava dirigindo o carro em que Diana entrou; repassei tantas vezes a mão dele na sombra acariciando a cabeça dela que, já meio adormecido, me sobressaltei ao sentir que ele também estava acariciando minha cabeça. Agora estremeço só de pensar que o sobressalto de ele ter me acariciado não teve a menor graça: foi horrível, a prefiguração de algo horrível, horrível por onde quer que se olhe.

No dia seguinte, houve nova reunião no canal, dessa vez com os atores principais e o diretor da novela.

Trini me ligou cedo. Queria vir me buscar para traçar comigo uma estratégia para enfrentar e resistir aos embates do elenco, monstro de três cabeças (o bom, o mau, a heroína enganada ou casualmente certa), disposto a cravar sem piedade, uma vez após outra, em nossas pobres carnes, sua coleção de punhais. Nada é tão cruel quanto um elenco de telenovela quando algo não vai bem. "Cuidado com quem se maquia", costumava dizer Boas. Trini e eu concordávamos com isso em linhas gerais, mas também conhecíamos a segunda parte: "Cuidado com Boas quando ele está com o pessoal que se maquia".

Durante o caminho, Trini roubou uns minutos da estratégia para dedicá-los ao sucesso da exposição de Nudler, de onde *finalmente* ninguém saiu ferido; foram com um grupo de amigos comer em um bar, Nudler estava tão contente que se embriagou e vomitou na mesa et cetera. Deve ter vomitado também no carro, porque mal entrei e senti meus brônquios se fechando. Trini quis saber como tinha sido o encontro com Vera-Diana; lhe disse que elas não tinham se cruzado e perguntei quem eram os caras que estavam com Diana; ele me disse que não os conhecia, mas acrescentou com malícia que dava para perceber que um deles estava "louco" pela Diana. Não disse uma só palavra sobre Láinez. Por último, olhando-se no retrovisor, Trini resumiu sua estratégia: deixá-los falar.

Concordei.

A secretária de Boas, mais famosa para mim do que os atores, já que eu a via com mais frequência que o programa, nos levou até a sala de reuniões: uma mesa longa rodeada de cadeiras vazias, exceto no extremo norte, ou sul, onde estavam amontoados Boas, o diretor e os três protagonistas, todos naquele momento folheando um roteiro velho, isto é, do dia anterior, o "tinha ocorrido péssimo", conforme a estranha sintaxe que reinava quando entramos.

O encontro começou com agressões baratas e terminou com insultos e abraços. O galã malvado tinha trabalho sempre de galã malvado e fazia anos que estava como pinto no lixo fazendo esse papel, de modo que não tinha muito a dizer, além de apoiar o galã bonzinho e a heroína, que eram os que estavam realmente irritados. O galã bonzinho era um cara de meia-idade, musculoso, caprichoso, emocionalmente produzido, com implantes dentais nos caninos, cabelo comprido e camisa com gola *mao*. A heroína era igual a ele, a não ser pelo fato de que seus implantes não estavam na boca e sim nos seios. Eles eram aquele tipo de gente que discute quem é melhor, Buster Keaton ou Chaplin, e que seriam capazes de lavar um shopping com a língua para não perder o cabelo, no caso dela, ou ficar com tetinha, no caso dele (para falar de suas principais preocupações além de atuar, digamos). Até Trini, que tinha nascido no meio e almejava morrer nele, admirava-os com reserva. Os atores, junto ao produtor e ao diretor, formavam uma espécie de Estado-Maior Conjunto especializado em fugir das responsabilidades quando as coisas iam mal (disso tinham se poupado o produtor, os planos anódinos do diretor e a intenção do galã — tanto a do galã bonzinho quanto a do galã malvado, que recebe um soco e cai pensando em *gostar*); de modo que aí estávamos nós, os verdadeiros responsáveis. A única coisa clara depois de uma hora aguentando os embates do grupo foi algo que Boas disse:

— Isso aqui está desmoronando, pessoal.

O comentário reviveu minhas preocupações, a impotência de Trini, a humilhação dos atores e o tédio do diretor, porque cada um de nós sentia coisas diferentes. Valeria, a protagonista, insistiu na psicologia do personagem ("é louca", disse, "ela gosta dele e não percebe que gosta", "o pessoal na rua me diz *desce o braço nela, Valentim*", interveio o galã bonzinho), até que em um dos cinco aparelhos de televisão da sala, um jornalista anunciou novidades no caso do assassino batizado de "do prédio", e todos nos voltamos para ver. Boas pegou o controle remoto errado e subiu o volume de um cozinheiro que tentava abrir uma ostra com a ponta de uma faca e que disse entre dentes "a dura concha do ego", em seguida, com outro controle, também errado, aumentou o volume de um grupo de debatedores envaidecidos com algum assunto do qual só conseguimos ouvir a palavra "beijo". Finalmente ele achou o controle certo, mas a notícia, um flash, estava no fim: se havia algo importante a ser dito, já tinha sido dito.

Boas tirou o som.

— E além de tudo a realidade não colabora — disse.

O programa saía do ar na mesma hora em que os noticiários de outros canais e ultimamente a realidade *produzia* fatos com os quais era difícil competir, segundo a "teoria" dele. Há uma semana o caso do assassino do prédio era o preferido no interesse das pessoas: alguém tinha mandado matar seis pessoas em diferentes andares de um prédio na Recoleta (um casal que estava almoçando no segundo andar, uma idosa no terceiro, um jovem e um técnico que estava consertando seu computador no quinto, e a esposa do porteiro no térreo, uma mulher pequena com quem ele tinha se irritado antes de fugir). Era óbvio que o cara não sabia o que queria, além de matar; algo bem parecido acontecia com os atores. Até Boas não dar por encerrada a reunião, a heroína insistiu em seu pedido de "lógica" nas "paixões do personagem" e o galã bonzinho em suas citações anônimas recolhidas na rua ou na casa dele, todas inventadas, é claro, enquanto o malvado, à medida que aumentava a irritação dos colegas, afundava-se mais e mais na tarefa de tirar uma sujeirinha de debaixo da unha, ou uma pelezinha da cutícula, ou uma ideia obsessiva de longa data que o trabalho mantinha por perto e que aflorava quando o perdia ou quando estava a ponto de perdê-lo.

Depois da reunião, fui buscar Julián. Cheguei uma hora atrasado. Julián estava me esperando com a mochila já pronta, sentado no último degrau da entrada, rodando um boneco no ar enquanto Diana plantava flores em um vaso. A música de câmara que saía pela janela aberta me fez sentir que o quadro tinha sido real até o momento em que cheguei. As luvas de jardinagem amarelas que Diana estava usando sublinhavam o ar de *composição*, de cena exclusivamente dirigida a mim, incapaz de provocar a mínima ruga de atenção em um estranho.

Por um momento, nenhum dos dois me viu. Diana estava acocorada, com o cabelo amarrado numa trança, manipulando sem habilidade uma pazinha de jardinagem tão nova quanto as luvas; fazia um buraco na terra seca e dura do vaso e a colocava em cima de um jornal aberto no chão. Julián, com o boneco para cima, gritava em voz baixa para ele soltá-lo, que o boneco o soltasse, enquanto fazia cara de dor e esticava mais e mais o braço, como se o boneco estivesse tentando arrancá-lo fazendo oitos em cima de sua cabeça.

Choveu o fim de semana inteiro. Enquanto estávamos cozinhando, enquanto brincávamos com Julián, de manhã ou de noite, enquanto ele dormia, Vera foi *separando* as coisas que queria levar; fazia isso de passagem, como uma atividade dentro de outra. No domingo à tarde já tinha selecionado e acumulado na escrivaninha, em cima das cadeiras e no chão, tudo o que depois ela colocaria nas malas, da roupa até os papéis.
Em determinado momento Julián perguntou para onde ela estava indo e Vera contou que ia passar um tempo em Berlim. Julián fez silêncio, afastou-se sem dizer nada e começou a guardar os brinquedos na mochila. Era a primeira vez que ele recolhia as próprias coisas. Quando terminou chegou perto de mim.
— Você vai ficar sozinho? — perguntou-me.
Fiz que sim, sorrindo, pisquei e disse em tom de cumplicidade que íamos ter a casa inteirinha para nós. Mas ele não achou a menor graça. Parecia estar triste ou preocupado.
— Eu vou ficar com você — disse.
E sentou-se no chão entre minhas pernas, como se me protegesse, protegendo-se.

Mesmo assim não pôs a culpa na Vera, não a repreendeu, e quando se despediram abraçou-a carinhosamente como sempre, nem com mais força nem por mais tempo, isto é, sem noção do tempo, como se fosse vê-la de novo no próximo fim de semana, e aceitou com alegria a promessa que Vera lhe fez de trazer um presente, e inclusive se animou a dizer para ela o que queria.

Quando Diana e eu nos separamos, na noite anterior escolhi e procurei o que ia levar comigo. Naquela noite tinha chegado o dia. Caminhei de um lado a outro pela casa, avaliando que coisas ia precisar ou querer conservar em minha nova vida. O resultado da inspeção estava agora em uma caixa na mesa de Vera, uma dessas caixas desmontáveis que se vende nos supermercados ou nas lojas de 1,99 chinesas. Mas naquela última noite na casa que ainda era minha o que fiz na verdade foi descartar as coisas com que tinha vivido até então. Para começar, os livros. Não conseguia levar a biblioteca, onde conviviam meus livros com os da Diana, nem meus discos, uma montanha de todas as épocas que algum dia seria de Julián. Naquela mesma noite meus discos ficariam nas mãos dele. Era meu plano, de todo modo. Escolhi alguns poucos. *Marquee Moon*, do Television, em primeiro lugar. Guardei na caixa alguns papéis pessoais, o passaporte, a agenda. Também levei uns quantos desenhos de Julián e algumas fotos. Em uma folha em branco copiei os números de telefone dos médicos de Julián, do pediatra, de um traumatologista onde o havíamos levado na semana anterior porque estava com dor nas pernas: estava estirando, estava *crescendo*. "A dor do crescimento", disse o traumatologista. A última coisa que guardei na caixa foi uma foto de nós três que me custou um bom tempo para encontrar. Julián devia ter uns dois meses de idade e Diana e eu o beijávamos na bochecha, um em cada bochecha. Julián estava com a cabeça inclinada para trás, os olhos fechados e a boca entreaberta. Foi tudo o que levei.

— Ela disse que horas volta? — perguntei à empregada enquanto Julián corria escada acima para ligar o computador.

A empregada deu de ombros. Pensei em ficar até Diana chegar, mas a possibilidade de a empregada não me deixar entrar na casa me acovardou; pedi para ela ficar de olho em Julián, ela fez que sim com um grunhido e eu fui embora. Na metade do caminho telefonei. Atendeu Diana, que havia acabado de chegar. Perguntou como tinha sido o fim de semana do Julián.

— Tudo bem — disse a ela.

— Queria que você tivesse ficado para comer com a gente — ela disse.

Suspirei com um assovio, como um boneco de borracha. Eu amava aquela sequência de chegar em casa, beijar meu filho e dormir abraçado com uma mulher que tinha dado provas mais do que suficientes de que, a depender dela, passaria o resto da vida a meu lado. É possível que um milagre como aquele seja tão frágil — talvez porque a gente coloca o desejo lá no alto, quando sabe que no alto não está o desejo, mas o terror? O que acontece se a vida real, a vida improdutiva ou plena, estiver com a mulher a quem vai se abandonar; mas com quem se tem e com quem se faz tudo o que se gosta?

Toquei a campainha na casa da Vera. Em seguida, percebi que eu morava lá e que estava com as chaves da porta no bolso.

Monique Maosake estava em pé ao lado do aparelho de som. Com a cabeça inclinada lia a lombada dos discos. Uma bolsinha de crocodilo sintética pendurada no ombro. Já eram quase nove da noite.

— Fora — eu disse.

— Não é assim que se trata uma dama... — murmurou ela, sorrindo.

Sentei-me numa poltrona, tirei o tênis. Estiquei o braço e peguei uma calculadora na primeira prateleira da estante. Nos últimos quinze anos como roteirista havia escrito, direta ou indiretamente, a razão de vinte roteiros semanais de quarenta páginas cada, durante dez meses do ano, um total de cento e vinte mil páginas. Nesses quinze anos deveria tirar uns três ou quatro anos nos quais fiquei sem trabalho e durante os quais gastei todo o dinheiro que tinha ganhado nos onze ou doze anos restantes, mas depois de um certo ponto, todo número dá na mesma, é sempre uma "friaca", como diz o Trini. Agora: qual é a altura do trabalho de um ano? Dois metros. Se um roteiro mede um centímetro de altura, duzentos roteiros empilhados em cima um do outro medem dois metros. Portanto, em quinze anos eu tinha escrito uma montanha de vinte e cinco metros de altura: a altura do King Kong.

Vera acompanhou Monique até a porta. Voltou dez minutos depois. Assim que ela entrou, tocou o telefone. Atendeu. Era Trini. Falaram, se despediram (houve um P.S., em que Trini perguntou por mim e ela disse "Ele está aqui"). Quando desligou, alguém tocou a campainha e Vera deu uma corridinha até a porta. "O P.S. de Monique", pensei. Era um entregador. Comemos pizza e tomamos cerveja sentados frente a frente em duas poltronas da sala. Houve algumas ligações mais durante a refeição. Depois, ajudei Vera a fazer as malas, trocando olhares em silêncio como se estivéssemos esquartejando um credor.

À meia-noite me deitei na cama. Durante um momento, ouvi Vera caminhando de um lado para outro, abrindo e fechando gavetas; depois senti o peso de seu corpo na cama e percebi que tinha adormecido. Vera aproximou a boca do meu ouvido e me perguntou num sussurro se eu estava bem. Disse que sim. Abracei-a. Estava nua, mas também esgotada. Sem tirar meus braços de cima, apertando-os na verdade, virou, me deu as costas e se aninhou em mim, a nuca na minha boca, seus pés entre meus pés. Pensei em dizer a ela: "Por que você está vendendo sua relação comigo para uma produtora alemã?". Pensei nela me respondendo: "Pior que se vender é estar à venda". E durante alguns segundos aumentei a pressão do abraço; depois relaxei, como se acabasse de gastar tudo.

No dia seguinte, quando entrei na casa dela, na volta do aeroporto, o telefone estava tocando. Não atendi. Era Láinez. Falou tanto que a secretária eletrônica desligou no meio de uma frase dele. Ligou de novo. Queria saber se estávamos pensando na *história*. Tomei uma ducha e trabalhei umas horas no programa. Agora que Vera não estava em casa, a casa dela me parecia mais dela do que nunca. Excetuando eu mesmo, não havia rastros meus. Era como um amante que se apercebe das marcas prévias à partida (o frasco do xampu no fundo da banheira, os restos de uma torta de creme num prato) e que ao fazer isso se torna um intruso.

Uma das botas que ela tinha finalmente jogado fora estava em cima da cama e a outra no chão; no jardim, pendurados no encosto de uma cadeira como uma peça de roupa estavam os óculos dela. Mas nenhum rastro meu. Vera havia passado como um redemoinho sobre meus rastros, apagando-os durante os preparativos finais de sua viagem; não havia mais do que a presença de sua ausência em toda a casa, para onde quer que se olhasse.

9

Toda semana Vera me mandava por e-mail o que tinha escrito e eu lia cuidadosamente e devolvia cheio de marcações e sugestões e anotações e notas de rodapé. Vera respondia na sequência para me agradecer pelas correções e fazia silêncio até a semana seguinte, quando outra vez me mandava o arquivo com a nova parte do romance. Era raro que ela me escrevesse entre um capítulo e outro, e apesar de nestas ocasiões dizer que sentia saudades, eu ficava com a sensação de que não era verdade. Suas mensagens eram leves, em letras maiúsculas e não tinham "paisagem": não dizia absolutamente nada sobre o lugar em que estava, sobre as pessoas com quem estava vivendo, sobre o que tinha feito ou sobre o que planejava fazer. Nem perguntava nada sobre mim.

Eu escrevia em *seu* romance porque gostava dela e, em segundo lugar, porque meu trabalho podia servir para ela, ser útil. "Não pense que não percebi", me disse uma vez, vinte dias antes de partir. Era tudo. Perguntei-lhe do que ela estava falando e ela não me respondeu, mas agora em seu próximo e-mail teve uma descrição bem detalhada, quase louca, de uma excursão que fez aos subúrbios para ver um marroquino que por duzentos euros engolia uma cobra viva. O espetáculo a havia feito vomitar, mas também a fascinara: durantes vários dias continuou me falando daquilo, dando-me mais e mais detalhes sobre o assunto, até que por fim pareceu se esquecer dele e voltou ao romance.

Ela nunca *me* escreveu tanto quanto naqueles dias em que parou de escrever o romance. Mas eu no fundo tremia cada vez que, ao abrir o e-mail, encontrava uma mensagem dela *sem anexo*, quer dizer, sem romance. Na tal mensagem, Vera poderia me contar que tinha conhecido alguém et cetera, enquanto o romance — que não garantia nada nesse sentido, apesar de me ser impossível esquecer o "não pense que eu não percebi" — tinha se transformado em nossa forma de estar juntos.

Às vezes sentia saudades dela, às vezes sentia ódio. Às vezes, ciúmes. A paranoia — que para mim é um estado de acesso à verdade — cavoucava tudo com suas garrinhas de furão: eu não podia evitar.

Certa tarde, telefonei para os produtores dos programas onde o ex-ator do paletó xadrez dizia ter trabalhado; queria saber quem era ele, mas ninguém o conhecia e os programas tinham sido desgravados. *Fim!* Sentei para digitar. Era um dia silencioso, limpo e ensolarado, uma sexta que imitava um domingo, com borboletas pequenas, acinzentadas, de asas obesas e peludas, de cabeça amarga, de abdômen azedo, que voavam daqui para lá sob o olhar atento dos passarinhos (dez, doze) frustrados nas antenas de televisão das casas vizinhas. Então uma bola de futebol caiu do céu, por assim dizer. A bola quicou sem graça (não estava totalmente cheia) e ficou em cima de uma espreguiçadeira, perto de um guarda-chuva, em um clima levemente dadaísta. Fazia vários minutos que no meu roteiro a campainha tinha tocado, de modo que fiz o personagem que estava dentro dizer "Pode entrar!". Em seguida, um garoto de uns onze anos pulou o muro vindo da casa vizinha até o jardim, pegou a bola, colocou-a debaixo do braço e logo percebeu que voltar não era tão fácil quanto vir. O muro não era muito alto, uns dois metros, não mais que isso, mas o garoto não tinha calculado que, fosse o que fosse que tivesse usado para subir do lado de lá — uma mesa, uma cadeira —, não estaria do lado de cá também. Deu uma volta pelo jardim procurando alguma coisa em que subir, tentou a espreguiçadeira, mas não bastava, jogou a bola para a casa dele e gritou para lá que não estava conseguindo voltar. Estava encrencado. Apoiou uma mão na parede, olhando para cima, como se estivesse estudando a possibilidade de se grudar (dali por diante não poderia mais fantasiar com o Homem-Aranha) e começou a chorar. Da casa vizinha, vinham as risadas dos outros garotos. Levantei-me e saí. Ao me ver, ele abriu mais a boca que os olhos. Fiz um gesto para chamá-lo e o acompanhei até a porta da rua. Ele achava que eu estava viajando. Disse que a mãe dele estava enganada. Concordou em silêncio, depois me agradeceu e correu para a sua casa. Esperei ele entrar. Antes de entrar na minha própria, olhei para os dois lados. Ainda antes de entrar pisei no cocô de um cachorro, fui até a calçada, limpei-me da melhor forma possível, tirei do bolso da calça uma folha de papel dobrada em seis (a agenda da semana), chequei o dia e o horário da próxima reunião de autores, alguém que passava de bicicleta e que eu nunca tinha visto me cumprimentou com a mão, uma brisa fria me trouxe à mente uma manhã com Julián e Diana na cama (os três recém-acordados, as três cabeças juntas) lendo *As aventuras de Tintim* meu celular tocou, atendi, era a secretária de

Boas, disse que sim, disse duas vezes que sim, desliguei, fechei a porta com a chave e chamei um táxi. Sabia o que Boas ia me dizer e com que ânimo eu ia voltar e entrar finalmente em casa.

Ainda antes de entrar fui para minha casa "original" buscar o Julián. Fui imediatamente depois da reunião com Boas. Mesmo assim era tarde. Diana me disse que tinha pensado que eu não viria. Pedi desculpas e lhe disse que tinha tido uma reunião importante e que acabara de ficar sem trabalho. Ela fez uma pausa e desviou o olhar, apenas uns centímetros, a distância suficiente para assimilar a notícia. Depois me convidou a entrar. Estava com convidados. Julián brincava no quarto com os filhos de um deles. Os convidados ficaram surpresos ao me ver. Em algum momento haviam sido também amigos meus, mas não tínhamos voltado a nos ver desde que Diana e eu nos separamos.

A mesa estava posta para cinco. Diana acrescentou um prato. A última faísca de uma fogueira de mau humor acabava de se apagar (como era possível a Vera ter deixado o programa "dela" com a japonesa quando ela sabia que minha economia estava na corda bamba?). Logo depois, me sentia cômodo e confortável. O grupo era o mais heterogêneo possível e, ao mesmo tempo, o mais coeso, talvez porque ninguém se preocupasse em ser menos inteligente nem mais engraçado do que eram. Quando Diana trouxe um prato para mim, não me perguntou nada, e quando ameacei dizer que estava indo embora, que tinha gostado de encontrá-los e cumprimentá-los, mas que não ficaria para jantar, ela me fez um gesto incrivelmente despudorado (me tratou como se eu fosse uma mulher, mas uma mulher arruinada pela cultura, com os cílios violeta e um tule rosa no pescoço, uma dessas mulheres que não podem parar sem antes chegar ao orgasmo) que agradeci durante as duas horas que passei com eles: ninguém falou de cinema, nem de televisão, nem de produtores, ninguém embaralhou ambições, nem traficou ou escamoteou contatos, nem alianças, nem camarilhas, nem poderes, nem foram urdidas histórias sobre o fundo raivoso do que aspira unicamente o reconhecimento e a riqueza.

Depois de jantar e antes da sobremesa, subi para cumprimentar o Julián (tinha me esquecido dele!). Estava sentado no chão com os amigos, os três sérios e calados ao redor de um monte de brinquedos com os quais eles de repente pareciam não saber o que fazer. Disse que voltaria no dia seguinte para pegá-lo, dei-lhe um beijo e desci com a intenção de ficar até o final e com a intenção de ir embora o mais rápido possível. Mas algo tinha mudado durante minha ausência. Agora todos estavam sérios. Os olhares passeavam pela casa como refletores em um presídio: um olhava para o chão, outro para o teto, outro para a parede. Esther era a única que não olhava para canto nenhum: permanecia de olhos fechados enquanto Diana acariciava sua mão em cima da mesa, e Daniel, o marido de Esther, um ex-nadador olímpico dedicado ao cultivo industrial de flores, vestia o paletó, pegava os cigarros, guardava-os no paletó, procurava no paletó as chaves do carro, encontrava-as na mesa (o paletó era central naquele momento da vida dele, mas ficou com as chaves na mão) e, com um tom de voz marcial, anunciou que estava indo embora. Tinha ouvido o mesmo de mim, quando desci a escada, de modo que se ofereceu para me levar, algo que eu já não podia negar: uma coisa era aceitar um jantar da minha ex-mulher e outra era ficar para consolar as amigas dela. Cumprimentei a todos.

Saímos. Diana me acompanhou até a porta. Perguntei a ela o que tinha acontecido. Disse que logo o Daniel ia me contar e me perguntou se eu estava me sentindo melhor, se eu estava mais tranquilo. Tive que pensar para entender sobre o que ela estava falando. Para ela, aquilo era um bom sinal: eu tinha me divertido. Sim, tinha me divertido, mas agora precisava ir embora. Não sei quem disse aquilo. Tinha que ir embora? Quem disse que eu precisava ir embora? Foi Diana? Fui eu?

No carro, no caminho, Daniel me contou que Esther o havia enganado. Ia perguntar como é que ele sabia quando ele se adiantou e me pediu para não lhe perguntar como é que ele sabia. Não perguntei, só perguntei se tinha descoberto agora. Respondeu que sim. Minha próxima pergunta, necessariamente, tinha que ser como, mas Daniel repetiu que eu não perguntasse como, que depois Diana ia me contar. Disse que Diana tinha me dito que quem ia me contar era ele, e Daniel disse que não tinha nenhuma vontade de falar daquilo naquele momento. Perguntei se ele tinha certeza. Daniel vacilou, mas não disse nada. De modo que não insisti. Ficamos o resto do caminho em silêncio. Ele me deixou na porta de casa. Antes de sair do carro lhe perguntei se estava bem e ele respondeu que sim. Dei a mão para ele. Disse-lhe, por educação — porque era a última coisa do mundo, mesmo tendo ele me feito me divertir tanto —, que me telefonasse se quisesse conversar. "Vou ficar acordado mais uns cinco minutos", disse a ele em tom de brincadeira. Ele estalou a língua e arrancou com a porta aberta. Fechou a porta dez metros à frente, sem parar o carro. Era uma da manhã. Escovei meus dentes sem me olhar no espelho e me deitei na cama sem tirar a roupa. Tinha força de sobra para me trocar, o que não tinha era vontade. Fechei os olhos e adormeci em um minuto. Acordei porque tinha algo me incomodando. Percebi que era a luz da lua, que batia no meu rosto. Não, não é possível, disse a mim mesmo. Levantei, fechei as cortinas, tirei a roupa e, ao em vez de ir para cama, fui para a sala, peguei um uísque, me sentei na poltrona e fiquei um bom tempo no escuro odiando a perseguição da luz da lua sobre mim. Era falsa, mas não ia me fazer levantar duas vezes. Minha vida era falsa, como é que a luz não ia ser falsa? Falsa a luz? Que ridículo. Ridículo, mas também assombroso: a sensação de falsidade quando se impõe ao real, como uma mulher pequena e sem peito que causasse impacto pela altura e pelos seios. Algo mais? Sim: até amanhã.

No dia seguinte, porém sete anos antes (a vida real é assim), segurei Julián em meus braços enquanto a enfermeira dava banho nele. Em determinado momento, me virei e olhei por cima do ombro: Diana me sorria da cama, com os olhos brilhando de emoção. "O bebê dos meus sonhos." Estava esgotada pelo esforço, mas até sua palidez era feliz. Então um médico se interpôs entre nós. Diana estendeu a mão e o afastou. A expressão de seu rosto não tinha mudado, sua cabeça nem tinha se movido. Simplesmente afastou o médico com a mão e continuou olhando para nós.

O que teria acontecido se um deus injurioso e menos indiferente que o que tivemos tivesse dito a ela que dentro de alguns anos eu iria embora e que ela teria que se retorcer de dor e falta de sentido? (Em que momento começou a ter sentido haver nascido, para que alguém sentisse o desejo de fazer nascer?) Diana teria continuado sorrindo. Talvez não afastasse o médico com a mão, mas eu a veria sorrir quando ele fosse embora.

— Papai...! — Julián me chamou do jardim, me salvando desse devaneio celeste, de fios soltos e preguiçosos.

Fui.

Tinha um passarinho morto no meio das flores. Estava cheio de vermes. Julián o tinha descoberto procurando "o ninho das borboletinhas", que eram cada vez mais. Disse para ele não tocar no passarinho.

Fomos ao cinema e jantamos fora. (No cinema, Julián disse: "Queria vir com cinco garotos e dez pais para ver *Chucky, o brinquedo assassino*"). De volta à casa adormeceu assistindo a desenhos animados. Mudei de canal. O assassino do prédio tinha voltado a atacar, dessa vez no primeiro e no quinto andar de um prédio ao sul da cidade. No quinto andar tinha matado três pessoas. Em frente à câmera e diante de um microfone, uma mulher que morava no quarto andar e que ao falar contraía e relaxava as narinas dizia que na hora dos assassinatos ela "sentiu" a campainha que não chegou a atender porque estava no banheiro. O assassino desceu outros dois andares, tocou num apartamento do primeiro andar e quando lá de dentro atenderam disparou quatro vezes através da porta, ferindo com gravidade um psicólogo de cuecas. Supunha-se que ele usava um silenciador, porque ninguém tinha ouvido os disparos.

Sete anos antes, no dia seguinte (só então) percebi que eu era pai, um pai. Julián tinha tido uma complicação respiratória e passou várias horas numa incubadora. Tinham colocado uma cúpula de vidro na cabeça dele, deixando os bracinhos para fora, para que não retirasse os tubos, e chorava, chorava sem som, chorava e eu não conseguia ouvi-lo, agitava as mãozinhas no ar e eu não podia tocá-lo... Durante os dois meses seguintes fiquei particularmente atento à sua respiração. Conseguia ouvi-lo até dormindo (quando eu estava dormindo). Tinha medo de que ele se sufocasse, que perdesse muito peso ou que tivesse alguma doença; quando começou a engatinhar tive medo de que pusesse o dedo na tomada, que engolisse um isqueiro, que enfiasse alguma coisa no ouvido; quando começou a andar tive medo que batesse na quina de alguma mesa, que caísse da sacada, que entrasse na lavadora; quando começou a ir para a escola tive medo de que um estranho o roubasse, que o professor de flauta abusasse dele... A lista era infinita. Um filho é uma indústria de produzir terror.

Me deitei ao lado dele ocupando o lugar da Vera na cama e o abracei como só eu podia abraçá-lo, depois de tudo.

Na segunda telefonei para meus conhecidos do mundo da televisão para atualizá-los sobre "minha vontade de fazer algo". Falei com Láinez e lhe propus uma história que ele não gostou. Voltei a ligar para ele à noite e contei outra. Ele disse que precisava "ruminá-la" um pouco. Antes de desligar, perguntei pelo tubarão, e ele pela Vera. Com certa lógica, interessou-se pela minha resposta muito mais do que me interessei pela dele.

À meia-noite, já lançadas minhas redes (com todas as minhas forças embora não muito longe da costa), abri o e-mail e trabalhei até as duas da manhã no novo capítulo do romance da Vera.

No dia seguinte encontrei por puro acaso com a japonesa num restaurante. Ela estava tão sozinha que por um momento me esqueci de que eu também estava. Nos enganávamos: nós dois estávamos esperando alguém, embora este alguém fosse pessoas diferentes. Tomamos uma vodca em uma tacinha de xerez e me levantei quando Boas chegou, me levantei sem apresentá-los, o que começou a me pesar à medida que o tempo passava e ficava evidente que a pessoa que ela estava esperando não ia chegar.

Foi naquele almoço que Boas me falou de Joan Bardem, um produtor catalão de vinte e nove anos de idade, amigo seu, que estava procurando um roteirista para um filme. Boas tinha pensado em mim. Perguntei o porquê. Boas ergueu as sobrancelhas e me perguntou se ele tinha feito mal. Depois atendeu uma ligação. A japonesa tinha começado a comer. Boas desligou e me disse que eu precisava ser rápido: era uma produção grande e o vespeiro de roteiristas devia estar já bem agitado. Tirou do bolso do paletó uma folha impressa e me entregou: a ideia. Cinco linhas e meia. Li o texto enquanto ele atendia outra ligação. Aquilo era nada, mas tudo é nada até ser escrito. Sem deixar de ouvir o que estavam falando para ele do outro lado da linha, Boas apontou para a folha impressa com o queixo e me fez um gesto de pergunta com a mão. Apertei os lábios e fiz que sim com a cabeça.

— O que você achou?

— Bom — respondi. — E agora o que eu tenho que fazer?

— Nada. Pensar. O cara quer um drama. De todo o resto eu me encarrego. Você desenvolve isso em umas quinze ou vinte páginas e quando estiver pronto, você me avisa. Não, vamos fazer melhor. Eu falo com ele hoje mesmo e digo que você se interessou e que já está trabalhando e o deixo em contato contigo. Presta atenção, eu te vendi muito bem, você tem que trabalhar sério. Ele tem muito dinheiro.

Perguntei o que é que ele queria.

— Nada! — respondeu, surpreso com minha pergunta mas longe de ficar ofendido.

Fiquei em silêncio, olhando para ele. Olhando para ele e acreditando nele, coisa que Boas deve ter percebido. Então sorriu, piscou, colocou as mãos em cima da mesa, deixou os ombros caírem e com um tom de voz diferente, um tom baixo, como que de alívio, disse:

— Eu nunca ajudei ninguém.

Naquele momento chegou Belgrano, um velho roteirista longamente desempregado. Surpreendeu-se de me ver com Boas, mas Boas o despachou sem rodeios, e inclusive com um gesto com a mão em linha reta. Belgrano foi se sentar com a japonesa.

— Para mim, sua inteligência me dá pena — Boas disse com sua sintaxe particular, nesse caso uma bonita contração de sentido. — Sempre achei que você tinha que estar do outro lado. ("Pode ser uma armadilha", pensei.) Olhe esses dois — acrescentou, apontando para Belgrano e para a japonesa —, eles dão a vida para estar aqui, mas não com paixão, e sim compulsivamente. Não conseguem fazer outra coisa, nem conseguem se divertir. Eu fiz isso a vida toda, mas pelo menos eu mando. Você tem talento, é culto e está no lugar errado: aqui estas coisas não são valorizadas. Eu com vinte e cinco por cento do seu talento seria o Suar. Aqui essa medida é um teto. Daí para baixo está tudo bem. Daí para cima te empurram para baixo. Você nunca pensou em escrever um livro? — abanei a cabeça de um ombro para outro. Boas fez uma pausa. — É tudo lixo — resmungou depois. Entre a pergunta sobre o livro e o resultado da pausa ("é tudo lixo") tentei imaginar os ingredientes do coquetel que o tinha levado àquela crise; não encontrei nada (no fim das contas mal o conhecia, apesar de ele achar que me conhecia!) mas seguramente na mistura tinha um grande fracasso comercial e até umas loucuras do Osho. Estava com cara de quem tinha dormido pouco. Depois soube que na noite anterior ele havia participado em Montevidéu, Uruguai, da terceira edição de um encontro multinacional de operadoras de televisão, programadores, canais de TV fechada e de TV aberta, empresas focadas na área de satélites e de telefonia, e associações do setor, e que tinha bebido e falado animadamente com representantes (executivos, tesoureiros) da Organização Ibero-Americana de Associações e Empresas de Televisão Paga, da Comercializadora de Programação para Televisão, da Associação Argentina de Televisão, da Rede Intercabo, da Associação Nacional de Broadcasters Chilenos, das Agremiações Televisivas Paraguaias, Da Pirineus TV, da Cadeias Públicas de Informação Europeia na América Latina, da Associação Interamericana de Televisão do Sul, em um clima ou contexto de diversidade e enriquecimento do qual, algumas horas mais tarde, já no voo de volta, não sobraria mais do que a logomarca dos patrocinadores do encontro. Provavelmente ele não conseguiu pegar no sono. Levantou-se, ligou o computador e (quem não sabia do vício dele em pornografia?) visitou páginas de sexo hard, páginas que se chamavam "vovozinhas enrabadas", "bisex teen", "chuva dourada", "é dando que se recebe", "dildos vivos", "anal amadoras safadas", "cague hentai", "ninfomaníacas peludas", "incesto", "orgia de anãs", "tutto transexual", "sex zoo", "putix animado", "ejaculações caseiras", "orgias bizarras inter-raciais", "bucetinhas de cavalas ruivas". Em seguida me telefonou. Eram onze da manhã e ele queria almoçar comigo.

Boas se suicidou naquela mesma tarde, mas Joan Bardem e eu fomos adiante. Bardem tinha gostado do desenvolvimento que fiz da história e da forma que havia delineado os personagens. Ofereceu-me uma pequena fortuna e me mandou um contrato que eu assinei a despeito de minha fobia de voar: uma das cláusulas dizia que o roteirista tinha que viajar para a Espanha na etapa da pré-produção para ajustar o roteiro de acordo com as necessidades, caso o produtor determinasse isso. Naquele momento, não me importei.

Trabalhei desde as primeiras horas da manhã até as primeiras horas da noite como um possuído, e em menos de três semanas já tinha a primeira versão, mas só a enviei dez dias depois. O preconceito com a velocidade é mais forte do que com a lentidão; ninguém parece ter parado para pensar que aquela pessoa que demora com as coisas pode estar, mais do que se dedicando com consciência ao assunto, com algum tipo de dificuldade. O tempo é um plus a favor do resultado, uma primeira garantia. Ao menos aos olhos de quem bota o dinheiro. "Se custa para mim, tem que custar para você" é a equação ("Depois a gente vê o que saiu").

De modo que, enquanto eu esperava prudentemente passarem aqueles dias, imaginei as objeções de Bardem, e para isso tive que entrar na cabeça dele, apalpar o interior da cabeça de um desconhecido (terreno pegajoso, cheirando a queimado, sombra), e comecei a trabalhar na segunda versão; menos uma forma de ganhar tempo do que de fazer o que eu gostava: discutir sozinho, brigar sozinho, sonhar sozinho. E sozinho escrever.

Certa tarde, Nudler veio. Apareceu de repente, sem telefonar, sem avisar, fiel à sua falta de estilo, com um livro de Georg Groddeck na mão, as *Conferências*, realizadas no Sanatório de Baden-Baden, entre 1916 e 1917.

— Encontrei no táxi, pegue — disse, apoiando o livro de canto no meu peito. — Quando desci do táxi, um cara veio me perguntar se você ainda morava aqui. Não disse nem boa tarde. "Não está vendo que eu vim visitar ele?", respondi.

— Ele estava com um paletó xadrez?

— Não — respondeu Nudler depois de pensar, como se um paletó xadrez fosse algo difícil de lembrar.

Saí para ver se o cara ainda estava por lá e quando voltei encontrei Nudler sentado na minha poltrona. Ele me falou que a casa era bonita. Eu disse que não estava esperando por ele. Ele respondeu que Trini, surpreendentemente, tinha tentado matá-lo.

— Foi mesmo — disse —, matar de verdade.

Estava anoitecendo...

— Eu te procurei porque achei que você poderia falar com ele.

— Não.

Fiz uma ligação. Trini confirmou a versão de Nudler. E, além disso, falou: eu preciso, acho, de medicação e de um psiquiatra. "Faz uma hora que não paro de chorar", disse. Meu Deus, falei para mim mesmo. Desliguei e disse a Nudler para ele ficar calmo, para ele dar uma volta, para tomar um vinho, que eu tinha que trabalhar.

Nudler abriu os três botões da camisa preta que estava vestindo, torceu-se e tirou um ombro para fora: ele estava com um talho, um talho sem sangue, de cinco centímetros de comprimento. Ele também se olhou. Depois guardou o ombro outra vez, abotoou a camisa e disse:

— Você está entendendo?

Quando ele tirou o ombro, relampejou. Quando me perguntou se eu estava entendendo, começou a chover. O vento apoiou a palma da mão na porta que dava para a galeria e a porta se abriu; também se abriu o livro de Groddeck em cima da mesa. As páginas passaram a toda velocidade.

Disse-lhe que provavelmente tinha chegado a hora de eles não se virem mais. Ele me disse que achava a mesma coisa. Disse que então... Ele me perguntou se eu tinha algo para beber, algo forte, e se eu não estava pensando em fechar a porta. Isso ele disse fechando o livro de Groddeck e apertando a capa com um dedo.

Eu fiz um longo silêncio.

Depois me levantei e fechei a porta. Percebi que estava sentado só quando me levantei, e que tinha fechado a porta quando ele tirou o dedo de cima do livro. Acomodou-se no encosto da poltrona, com as mãos entrelaçadas atrás da nuca, e tossiu duas ou três vezes com a boca aberta.

— A verdade é que estou só o pó — disse. — Nunca pensei que a gente fosse chegar a esse ponto. Eu dou um pé na bunda dele e ele me crava uma faca no ombro: é desproporcional. Eu saí de lá para evitar um desastre, acredite em mim. Se tivesse ficado, agora eu não estaria aqui. Eu não estaria aqui e Trini não estaria em lugar nenhum — disse e beijou mentalmente os dedos em cruz.

Naquela noite não consegui mandá-lo embora. Ele ficou para dormir. Estava chovendo, chovendo muito. Nudler estava longe de sua casa, mas não usou esse motivo; disse que tinha medo de passar pela casa de Trini, não era medo de agarrá-lo pelo pescoço, mas medo de não soltá-lo depois. Desequilibrado, essa era a palavra que ele usou. Ele e Trini. Estavam ambos desequilibrados. Disse:

— Posso ficar nalgum canto por aqui?

Escrevi a Vera contando que Nudler estava em casa e ela me respondeu com dois pontos: um de interrogação e outro de exclamação.

Naquela noite esperei Nudler dormir e depois esperei ele roncar, tossir, cuspir e seus pulmões assoviarem e suas extremidades inferiores tremerem e chutarem alguma coisa. Mas nada daquilo aconteceu. Fui até a sala pé ante pé: Nudler dormia no sofá, imóvel e mudo como um túmulo. Meu celular começou a tocar. Nudler nem se mexeu. Olhei a tela: era o Trini. Instintivamente não atendi. Era a hora do instinto.

Um momento depois, começou a tocar o telefone fixo. Ou talvez tenha sido o contrário, tocou primeiro o telefone fixo e em seguida o celular. Trini tentava entrar por algum lugar. Antes de ele desligar reagi, avancei no telefone e disse em voz baixa mas enérgica para ele tirar o Nudler da minha casa. Do outro lado se fez um silêncio e então a linha caiu. Talvez não fosse o Trini.

No dia seguinte, saí cedo. Nudler estava dormindo; agora sim estava roncando, tinha até espuma na boca. Levei o Julián para a escola.

— Todos os humanos que estão agora no mundo vão morrer? — ele me perguntou.

Tomei o café da manhã na conveniência de um posto de gasolina e escrevi um diálogo na parte áspera de uma folha que uma atendente me deu. Quando ergui os olhos vi Inês Montes, que tinha sido casada com um amigo da Diana, um escritor de sobrenome Froind que tinha morrido uns anos antes, e cuja obra, cinco longos romances publicados e dois definitivamente inéditos, tinha desaparecido antes dele; a obra dele desaparecia à medida que era editada. Lembro-me de minha angústia pelo modo como ele era ignorado, pelo vazio e pela condescendência ao seu redor. Eu tinha lido seus dois primeiros romances (nem mesmo tinha lido todos, provavelmente nem Inês) e não eram ruins, muito pelo contrário, ele era um bom escritor; o problema era que fazia tudo bem demais. Com um pouco menos teria sido talvez um escritor de grande sucesso comercial; com um pouco mais, teria escrito algo importante ou de valor. Aquele equilíbrio o tornava inócuo, epigônico; tornava-o uma nulidade. Não era Svevo em relação a Joyce. Froind produzia o efeito de um filho que espia o pai e pensa que o que o pai teve que conseguir lutando, ele consegue da mão do pai.

Trabalhava sem descobrir, como um espelho no qual ninguém se olha. Quando morreu era ainda jovem: tinha quarenta e cinco anos.

Antes de morrer, disse a Inês: "Escrevi uma média de cinco horas diárias durante trinta anos. Isso dá um total de cinquenta e cinco horas, sem contar o tempo que passei lendo. Não vivi, meu amor, não vivi".

Nudler estava se masturbando de pé no meio da sala quando cheguei.

Já vi uma garota de quinze anos tirando o olho de vidro em uma pista de esqui, já vi uma borboleta pousada em cima de uma mosca morta, já vi o botão e o velcro se cumprimentarem, já vi um homem preto, vestido de preto, com uma bengala preta, com óculos pretos, saindo de um carro preto em plena luz do dia, já vi o Kubrick coçando o saco numa esquina de Hampstead, a metros da casa de Keats, já vi um cego manuseando a *Lolita* de Nabokov com a ponta dos dedos, em uma edição maravilhosa. Se eu tiver tempo e oportunidade, talvez um dia veja raios gama sobre o ombro de Órion. Mas ver Nudler se masturbando na minha casa era simplesmente mais do que eu podia suportar.

— Já pensou onde você vai gozar?

Nudler nem se abalou, como se habitualmente se masturbasse na casa dos outros e fosse habitualmente surpreendido. Levantou as calças, fechou o cinto com certa violência e, como única resposta, alcançou-me uma folha de papel de caderno na qual ele mesmo tinha escrito: "Papai, estou devolvendo a única coisa que te devo".

— Bah — disse com desprezo —, no fim das contas é uma ideia de Dalí.
— De quem?
— Do bobalhão do Dalí.
— Dalí bobalhão? — disse.
— Ele era um gênio.
— Ele era um gênio e você chama ele de bobalhão?
— Todos os gênios são meio bobalhões.

Depois desse diálogo (cheio de mistério e ao mesmo tempo raso), pedi novamente para ele ir embora. Disse que precisava ficar sozinho para trabalhar. Mas alguém que deu mostras tão grandes de *invasividade* como ele não ia nunca levar a sério um pedido como o meu. Mostrou a palma das mãos avermelhadas (recentemente friccionadas) e jurou que não ia me incomodar. Me tranquei no escritório, transcrevi no meu arquivo o diálogo que tinha escrito naquela manhã no posto de gasolina e continuei com o restante.

Horas depois veio me pedir um cigarro. Disse que não tinha e perguntei se ele não queria ir comprar. Aceitou. Deixei-o sair, tranquei a porta e não voltei a abrir para ele.

Tocou a campainha por um longo tempo. Depois telefonou. Não atendi. Quando a secretária eletrônica disparou, Nudler começou a falar em voz baixa, com um tom de cumplicidade:

— Cara... — pausa. — Cara... — pausa. — Pô, cara... — pausa. — Cara, atende... — pausa longa. — Cara, você tá me escutando?

Percebi que não tinha amigos (*eu* não tinha amigos). Eu os havia perdido, tinha deixado de vê-los, de telefonar para eles, de me interessar por eles. Como era possível que um energúmeno como o Nudler estivesse me implorando para abrir para ele? Conhecia tanta gente dos círculos mais variados da comédia humana, mas não eram meus amigos. Podia dizer que "eram" mas não que eram.

Meus verdadeiros amigos estavam na infância, onde já não estavam mais nem eles nem eu. Nos olhávamos com desconfiança cada vez que nos encontrávamos, mas não desconfiando um do outro, e sim de nós mesmos, incômodos na comparação com o que já não éramos, como se algo terrível tivesse ocorrido de um dia para o outro. Algumas amizades tinham se deslocado até a adolescência; dois deles haviam sido assassinados pela ditadura militar e um terceiro tinha partido para o Brasil, de onde nunca mais voltou. A partir de então, tive amizades fugazes que terminaram em traições, decepções ou afastamentos repentinos, aparentemente sem razão. Depois vieram as amizades trabalhistas (os colegas de trabalho) e por último os amigos da Diana e os amigos da Vera. Sempre me dei bem com os amigos da Diana, até Diana e eu nos separarmos. Então eles e eu deixamos de nos ver. No começo, trocávamos de quando em quando algum telefonema, mas tudo era forçado e vazio sem a Diana como nexo, além de minha suspeita de que qualquer coisa sincera ou qualquer confidência que eu fizesse circularia e seria comentada pelo grupo, e sentia alívio ao desligar. Os amigos de Vera eram muito mais jovens que eu e não tive nunca nenhum problema com eles, nem eles comigo; a verdade é que não é muito difícil ser aceito pelos jovens. Eles odeiam a enfatuação (é preciso *adotar* sem impostar, parecem dizer) e não estão nem aí para a experiência. E como fazem isso bem! Mas, apesar de gostar de conhecer as músicas novas que eles me mostravam, não chegava a me interessar pelas coisas com que eles sonhavam enquanto as ouviam. De modo que os evitava. Enquanto Nudler... *agora*, enquanto Nudler deixava a mensagem dele na secretária, me dei conta de que fazia décadas que eu não tinha um só amigo verdadeiro, que fazia décadas que tinha deixado de me preocupar com a amizade, e que deveriam passar décadas até que eu fosse capaz de reconhecer que aquilo me doía e atendesse o telefone e dissesse ao monstro que me deixasse em paz.

Tínhamos ido almoçar num dos restaurantes em cima do rio e de repente Julián disse:
— Mamãe!
Na mesa ao lado um homem segurava um jornal aberto na frente do rosto; na página de trás havia uma foto de Diana.
Julián me perguntou se mamãe estava longe.
— Não, está em casa — respondi.
Quando o homem deixou o jornal, perguntei se ele me emprestava um pouco. Passei as páginas procurando a foto de Diana. Era uma reportagem. Comecei a ler. Julián desceu da cadeira, deu meia-volta e me abraçou pelas costas.
— Eu gosto que vocês estejam perto — disse.

Bardem estava bem satisfeito com a primeira versão e eu com minhas "antecipações" aos comentários dele: tinha acertado em uma porcentagem bem alta. E se antes havia deixado passarem uns dias antes de lhe mandar a primeira versão, dessa vez fiz apenas umas mudanças e uns ajustes e mandei a segunda versão imediatamente. Bardem estava surpreso. Ia ler e me dizer o que tinha achado. Agora, de repente, era eu quem tinha que esperá-lo.

Liguei para Diana. Para quem eu podia telefonar, senão a ela? Estava contente. A empregada atendeu. Disse que Diana tinha saído. Eram nove da noite. Me atrevi a perguntar com quem.

— Com um senhor, senhor — respondeu.

— E Julián?

— Ele está aqui. Quer falar com ele?

Julián demorou bastante para atender. Estava apressado e incomodado. Perguntou-me por que eu sempre telefonava para ele. Disse que telefonava porque gostava de falar com ele. Ele respondeu que ele não gostava de falar comigo quando estava assistindo a desenhos. Disse que agora, por culpa minha, tinha perdido a melhor parte.

No dia seguinte, encontrei-me com Diana. Eu mesmo fiquei surpreso ao dizer o que disse, mas ela concordou como se estivesse esperando há muito, muito tempo.

— Tenho que arrumar algumas coisas — ela disse.

Entendi do que ela estava falando.

Diana tem olhos castanhos. Na verdade, a cor dos olhos dela oscila (se move) entre o bordô brilhante e o cereja, também brilhante. Ao entardecer é a cor de um scotch. Pela manhã, de acordo com a luz mais do que com o ânimo, os olhos dela te fazem pensar no que tocamos, ou no que podemos tocar; ou no que nos toca. Quem quer que seja que tenha se perdido na natureza dos olhos de Diana tem que aproveitar a noite e se guiar pelas estrelas. Sairá. É um modo de dizer, claro. Mas mesmo quando seus olhos indicam rodeios espiralados e sendas sem começo nem fim, inspiram confiança. Confiança e generosidade. Nos olhos de Diana tudo salta, surge, se deixa ver. Uma breve olhada nos olhos dela é suficiente para saber que fará tudo por alguém. Nos olhos de Diana pode-se ler como num livro aberto. Ela mesma segura o livro. Se está brava, ou angustiada, ou ansiosa, seus olhos são como os olhos dos gatos do poema de Picabia quando olham para um pássaro: pensam. E o contrário: se alguém disser uma palavra a mais (*três* palavras a mais, na verdade), seus olhos são como os olhos dos pássaros que olham para os gatos: duvidam. Se ela te desejar ou te detestar, seus olhos conseguem fazer você perceber até a menor das microscopias: os deslocamentos do ar diante de cada piscadela, por exemplo. Às vezes, nos olhos dela se vê além, às vezes mais para dentro. Se ela está feliz, os olhos dela te seguem. Se está mais feliz, te acompanham.

Na escuridão (uma rodela plana e circular de escuridão, como uma fatia de uma matéria sem bordas) vi uma pequena pedra luminosa que girava se aproximando. Aproximou-se lentamente, sempre girando, até que consegui vê-la melhor. Era um diamante. Não me cegou, ocupou tudo, mas não me cegou. Em seu interior, havia um gauchinho sentado diante de uma mesa de madeira clara, com um lápis na mão. O gauchinho escrevia diretamente na madeira. Cheguei com o olhar mais perto e consegui ler: "Esses dias com você se destacam do resto da minha vida com a tonalidade do ideal: se alguma vez tivesse a desgraça de estar a ponto de me afogar, no filme completo desde o meu nascimento, esses dias (foram tão poucos, não é?) se destacariam na escuridão com tal força que eu, entre as ondas, sorriria, em vez de lutar". Assim que terminei de ler, o diamante se afastou levando o gauchinho apaixonado a toda velocidade. Eu entendi que era um sonho e que a mensagem não era para mim, mas que eu estaria autorizado a decifrá-la ou interpretá-la se acordasse naquele instante. Ainda dentro do sono, despertei. Mas tinha esquecido o texto do gauchinho e por mais que tentasse me lembrar, não conseguia. Então acordei de verdade e me lembrei de tudo, palavra por palavra.

Mas dessa vez aí estava Vera.

Tinha acabado de chegar. Trazia um blazer dobrado sobre um braço e encostara a mão no meu calcanhar como se estivesse a ponto de se jogar em cima de mim. Estava sorrindo.

Me abraçou.

— Oi — disse.

Disse aquilo com um sussurro, roçando meu rosto com os lábios. Depois ergueu o rosto e me olhou; fazia muito tempo que não nos víamos e eu senti: senti fazia muito tempo que não nos víamos.

No dia seguinte (mas como que para além do dia seguinte) disse a Vera que havia conversado com Diana e que ia voltar com ela. Vera afastou a vista, virou a cabeça lentamente e me perguntou o que tinha acontecido. Tentei explicar quando ela voltou a me olhar. A explicação também foi para mim.

Seus olhos se encheram de lágrimas. Depois, como se já não quisesse tocar o que eu dizia, deixou cair a mão com a qual até aquele momento estava beliscando os lábios e disse com uma voz que mal se ouvia:

— Não posso acreditar que você não goste de mim...

Respondi que não era verdade mesmo. Não gostava dela menos que antes, mas todo o resto tinha mudado.

Naquele mesmo dia fui embora.

TERCEIRA PARTE

10

O dr. Comas dedicou o segundo encontro quase exclusivamente a me contar porque eu podia confiar num avião. Falou da cabine, dos pilotos, da altitude, das turbulências, das tempestades, da decolagem e da aterrissagem. O dado mais importante, para mim, foi que um avião é duplo, e em parte triplo. Ou seja: os sistemas mais importantes — eletrônicos, hidráulicos e pneumáticos — estão dispostos em áreas independentes e com substitutos: no caso de um falhar, o outro pode trabalhar. As duas mãozinhas da minha mente começaram a aplaudir.

Estava tomando o psicotrópico? Sim, ainda não estava sentindo nada. Tranquilo. Finalmente me pôs o capacete do simulador de voo e "decolei", mas a imagem estava muito pixelada, com pixels do tamanho de uma caixa de fósforos, de modo que o efeito, qualquer um dos efeitos esperados, foi nulo. Em pleno voo, para piorar, o dr. Comas atendeu uma ligação, provavelmente de sua mulher ("querida", ele dizia, embora pudesse chamar de querida tanto a filha quanto a amante, ou mesmo as três), e enquanto eu fazia o esforço de imaginar que estava a dez mil metros de altura, falavam de onde colocar uns vasos com plantas que haviam encomendado e que pelo visto tinham acabado de chegar. O dr. Comas parecia incomodado com as interrupções. Terminou o assunto o mais rapidamente que conseguiu, depois tirou meu capacete, me deu umas páginas fotocopiadas com instruções para alguns exercícios respiratórios, me deu também a mão e abriu a porta do consultório dizendo que me esperava na quinta. Era terça.

Na sala de espera alguém acabara de deixar um grande vaso de cimento com uma figueira altinha e sedenta que parecia estar examinando seu novo habitat enquanto a secretária do dr. Comas, com o corpo no corredor e o braço na sala de espera (segurando a porta aberta), dizia alguma coisa sobre uma nota ou sobre uma assinatura para as pessoas que haviam trazido o vaso e que pelo visto estavam indo buscar outro. O elevador começou a descer antes de ela terminar a frase, o que a deixou de mau humor (na verdade, ela já estava de mau humor, só que agora tinha motivos para tanto), de modo que fechou a porta reclamando entre dentes; quando perguntei a ela onde era o banheiro, apontou-o para mim (o banheiro ficava atrás de mim) com o mesmo gesto automático com que teria mandado me matar se eu fosse judeu e ela nazista ("Querida", era como o dr. Comas a chamava).

Depois de usar o banheiro paguei pela sessão e saí pelo corredor. Ouvi os passos curtos e pesados dos homens que estavam carregando um vaso no elevador, três andares abaixo; um instante depois o elevador se abriu na minha frente. Eles traziam outra figueira, bem maior que a anterior. Um deles eu não tinha visto nunca; o outro era o cara de cabeça raspada que tinha estuprado Diana.

O que senti ao reconhecê-lo foi tão intenso que não importa. Mas tive que cravar as unhas na parede e encolher com força o braço como um alpinista para me afastar e deixá-los passar. O cara da cabeça raspada calçava as mesmas sandálias de couro daquela vez. Apesar de eu olhar fixamente para ele, não me olhou; abaixou-se para pegar o vaso pela base, ergueu-o enquanto o outro sustentava em cima o tronco da figueira e, calados, sem respirar, numa corridinha, entraram com ele no consultório.

— Por aqui, por aqui — dizia-lhes a secretária.

Entrei no elevador, fechei a porta, desci. Se o próximo paciente do dr. Comas tivesse chegado naquela hora e tivesse me visto saindo do elevador, teria pensado que algo não ia bem com a medicação, ou que no fim das contas seu medo de voar não era nada. Caminhei rapidamente de um lado para outro, sem me afastar do prédio, procurando a caminhonete da transportadora ou da loja de plantas, na qual deveria haver algum endereço. O único carro que poderia ter servido para transportar aqueles vasos grandes era uma perua (branca) estacionada a alguns metros do prédio, mas na lateral não havia nenhum endereço. Parei um táxi.

— Para onde? — perguntou-me o taxista após longos quinze segundos de silêncio.

— Estou esperando uma pessoa — disse sem tirar os olhos da porta do edifício.

Então dois carros bateram do nosso lado. Os dois eram dirigidos por mulheres de meia-idade, vestidas de verde. Examinaram seus carros por um momento e, enquanto uma ajeitava o cabelo atrás das orelhas para depois levar as mãos ao rosto, a outra se aproximou do taxista e o acusou de causar a batida, já que estava estacionado em fila dupla. O taxista, apontando com o polegar em cima do ombro, disse a ela com muita tranquilidade que estava com o pisca alerta ligado, ao que a mulher respondeu com um insólito — mais pela violência do tom do que pela linguagem — "caguei para seu pisca alerta". O taxista bufou com uma condescendência entre falsa e impotente de peça de teatro trágica que se permite expressões contidas. Eu disse que voltava em seguida e desci do carro. O cara da cabeça raspada estava demorando demais; temi que tivesse saído em um momento de distração meu, talvez durante a batida, de modo que voltei a entrar no prédio, voltei a subir, voltei a encontrar a porta aberta do consultório (o cara da cabeça raspada continuava lá), voltei a descer e voltei a subir no táxi. A mulher tinha se afastado e trocava com a outra os papéis do seguro, mas de quando em quando olhava de relance para o taxista, que por sua vez se olhava no espelho retrovisor, esticando um lábio para a frente com os dois dedos e o dobrando para fora com uma pressão do polegar.

— Você acredita que ela me bateu?

— Te bateu? — repeti sem tirar os olhos da porta do prédio.

— Eu não esperava. Até então para mim estava tudo bem, a mulher nervosa, eu tranquilo. Me falou um caminhão de bobagens sem sentido, que qualquer um teria rido. E eu me mijei de rir na cara dela, lógico. Aí ela meteu a mão na minha fuça. Senti como se tivesse tomado uma pedrada na boca e olhei para a sua mão: ela tinha um anel, um anel de rubi. "Você me cortou, sua filha da puta", disse a ela. "Desce do carro que eu te corto de verdade", me respondeu ela, enquanto bailava na ponta dos pés com a guarda erguida. Desci. Veio com outro soco e eu lhe agarrei a munheca e lhe torci o braço até ela ajoelhar no chão. "Não, a munheca não, a munheca não", ela gritava, "eu preciso operar, sou cirurgiã." Soltei-a. "Meu filho se opera amanhã", disse a ela. Ela me perguntou onde. Falei onde e ela me perguntou o sobrenome dele, e quando disse a ela, respondeu que quem o operava era ela. Fiquei com o cu na mão. A menina começou a rir. E eu não sabia como pedir desculpas, imagina só. Meu filho amanhã estará nas mãos dela. "É que você tem uma boca suja, doutora", lhe falei. Ela disse que sim, que está um pouco tensa, que a operação de amanhã é a primeira que vai fazer e que eu não fique preocupado, que é uma operação bem simples…

A mulher se aproximou da janela. Disse que estava indo embora, que daria certo, que daria tudo certo, para ele ficar tranquilo. Depois lhe deu a mão.

— Até amanhã.

— Até amanhã, doutora, e me desculpe pela batida mas...

— O senhor não teve culpa, foi aquela estúpida — disse a médica, apontando com o queixo para a outra mulher, que acabava de ir embora. — Como está essa boca?

O taxista *minimizou*, como se diz na televisão, encolhendo um ombro e negando milimetricamente com a cabeça.

— Tem personalidade forte — comentou depois, enquanto a médica se afastava no seu carro a toda velocidade. — A única coisa que espero é que não desconte no garoto — fez uma pausa. — Não, os médicos não são de fazer isso, que eu saiba — nova pausa. — É capaz inclusive de dar ainda mais atenção a ele, depois que brigamos... — Outra pausa, dessa vez acompanhada de um estalo com a língua. — Talvez o pulso não tenha ficado machucado... — A última pausa foi mais longa: já pensava outra vez no trabalho. — Vai demorar muito a pessoa.

— Não, está vindo, é aquele ali.

O da cabeça raspada entrou na perua pelo lado do motorista. O taxista tinha imaginado que o cara ia de carro com a gente, de modo que quase o perdemos: tinha um espaço livre na rua na frente da perua e eles arrancaram logo, sem ter que manobrar.

— Vamos seguir — eu disse.

— Como nos filmes? — perguntou ele com um sorrisinho, dando a partida.

Em certo sentido era eu quem dirigia. Previa a direção que a perua ia tomar, me adiantava à possibilidade de que outro carro ficasse entre nós e decidia a velocidade e a faixa pela qual tínhamos que ir, intercalando minhas ordens no monólogo do taxista, um monólogo sem assunto: o zumbido de uma voz. Estava não concentrado na perua que minha sensação, uns dez minutos depois, quando de repente deixei de vê-la, foi a de um apagamento total da cidade. E quando a perua milagrosamente reapareceu na nossa frente, reapareceram também as particularidades do trajeto, áreas abertas e rápidas, arborizadas, esfumaçadas, com gente atônita que atravessava a pé em qualquer lugar, e áreas engarrafadas que pareciam um jogo de encaixar, de pequenos avanços e acomodações que eram recebidos com rajadas de buzina. Finalmente a perua parou. O dr. Comas devia ter uma boa razão para comprar plantas em um lugar tão afastado do consultório; estávamos a dois ou três quarteirões da avenida General Paz. Do outro lado, a dez ou doze quadras de lá, estava minha casa.

O cara da cabeça raspada e o acompanhante dele entraram numa loja de plantas; estavam rindo. Dispensei o taxista e os segui.

Lembro-me agora da expressão do meu rosto refletida na vidraça da loja de plantas, que vi naquele momento ao me aproximar da entrada e pela qual estive a ponto de escrever que vacilei ("vacilei como se não me conhecesse", estive a ponto de escrever). Não aconteceu assim. Entrei direto, entrei sem vacilar.

Conheço um Ulisses que pilota uma lancha coletiva no Delta do Tigre, um Funes historiador e um Ismael que vende artigos de pesca, mas o estuprador da esposa de um homem que daria sua alma por uma obra que tivesse o nome de um dos personagens mais célebres da literatura universal me deixou perplexo: Fausto, o cara da cabeça raspada se chamava Fausto.

— Fausto! — disse uma senhora do outro lado do balcão, chamando-o.

O cara da cabeça raspada se afastou do homem com quem estava na perua e se aproximou do balcão, uma longa tábua onde a senhora organizava um monte de papeizinhos enrugados. Eu tinha ficado perto da entrada, a uns dez passos de lá, de modo que não consegui escutar o que a mulher falou; ela parecia incomodada, ou cheia de trabalho, mas à medida que fui me aproximando entendi que era a dona da loja de plantas e que o Fausto, a julgar pela descortesia com que a tratou, não era um empregado qualquer, e que talvez, a julgar pela insolência com que lhe respondeu, era filho dela.

Fausto pegou o telefone, discou um número e falou com alguém.

A mulher guardou os papéis e foi ao encontro de um casalzinho de namorados que zanzava entre as plantas com uma expressão tão grande de leveza que os tornava suspeitos; se em vez de estarem em uma loja de plantas estivessem num aeroporto, teriam sido imediatamente detidos. O cara que tinha viajado na perua com Fausto estava levando sacos de terra por um corredor lateral até um pátio nos fundos. À direita, bem perto de mim, um homem de meia-idade, vestido com roupa esportiva (o calção apertava de tal modo os testículos que os bolsos se abriam como orelhas e o símbolo da Nike parecia um olho piscando), avaliava uma arvorezinha de cinquenta centímetros de altura com flores vermelhas, umas flores minúsculas, amedrontadas e implosivas, como que atrofiadas.

Fausto se aproximou e perguntou em que podia ajudá-lo, e enquanto o homem do calção mostrava a arvorezinha, ele olhou para mim, me olhou de relance por meio segundo no máximo, e eu senti medo, não *dele*, e sim de que ele percebesse quem eu era, apesar de isso ser impossível porque era a primeira vez que estava me vendo. Agora entendo a causa daquele temor: eu *ainda* não tinha a menor ideia do que ia fazer. E não queria ser descoberto antes de saber, fosse o que fosse.

Tenso, sequei a ponta dos dedos nas folhas de três espécies diferentes, como se as estivesse examinando, enquanto o homem do calção, definitivamente interessado na arvorezinha, averiguava coisas em relação à terra e à luz. O tom das respostas do cara da cabeça raspada, seco, expeditivo, negava não só qualquer poesia à nobreza de sua atividade (a vocação pelo cultivo etc.) como também irradiava um imenso desprezo por ela.

(Sozinho, andando, ele tinha que afastar do caminho as plantas com o pé.)

— Está certo, vou levar — disse finalmente o homem do calção.

Fausto carregou em um braço o vaso de plástico preto onde a arvorezinha sobrevivia com o mínimo e foi caminhando até o balcão. Envolveu a arvorezinha em um papel, que depois prendeu com um grampeador, envelopando o vaso em um papel estampado de passarinhos (pensei se para sobreviver era preciso um *grão-piador*), bateu com um dedo na caixa registradora, guardou as notas que recebeu do homem do calção, deixou cair umas moedas na palma da mão dele e esperou que o homem fosse embora para vir a meu encontro. Ria sozinho. Olhei para ele e sorri.

— Tinha um rasgo tremendo na calça — ele me disse.

— O cara que saiu agora?

Fez que sim com a cabeça. Agora ria abertamente.

— Eu tive que me fazer de antipático, porque não conseguia segurar a risada. Um pouquinho de simpatia e eu ia estourar de tanto rir. Dava para ver o cofrinho de ponta a ponta. E saiu todo contentinho com a planta dele!

— Juro que não vi...

— O rasgo vai aumentar mais ainda quando ele se abaixar para colocar a planta no carro.

— Aí ele vai perceber — disse-lhe. — Vai sentir o tecido do banco na bunda.

Riu.

— Em que posso ajudar?

— Não, nada, vou levar só esta aqui mesmo — disse, apontando com o queixo para um maço de flores de pétalas carnudas que se abriam magicamente no alto de um talo cheio de espinhos.

— Água e sol — ele disse —, muita água e muito sol. Vai morrer no mês que vem. Mas é só não jogar fora: ela volta.

Fiz um gesto com a cabeça, algo como um agradecimento: a informação que ele acabava de dar não fazia o menor sentido para mim.

Naquele dia, e no próximo, segui-o, da primeira vez até um velho pub bordô, onde ele se encontrou com amigos, dois homens e uma mulher, com os quais tomou cerveja, sentado a uma mesa na janela e com cara de paisagem, até que entraram no carro de um deles e partiram a toda velocidade, e a segunda vez até a sua casa, um prédio dos anos 1960, de cinco andares. Um minuto depois, abriu a persiana do segundo andar, saiu para a sacada, jogou um cigarro na rua e voltou a entrar. Morava com a mãe, a mulher do viveiro de plantas, que chegou uma hora mais tarde. Eram nove da noite.

Fui embora.

Jantei com Julián e com Diana. (Julián disse que os discos voadores são os aviões.) Levei-o para a cama e li para ele *Moc e Poc*, de Luis María Pescetti, nosso autor favorito. Trabalhei no roteiro até as duas horas da manhã. Quando entrei no quarto, Diana apagou a luz. Tirei a roupa arfando e rangendo, como se minhas articulações não funcionassem, e fui para cama. Diana me deu as costas; ao abraçá-la senti-me novamente flexível. Um minuto depois, perguntei a ela se estava bem.

— Estou — disse. — Por quê?

— Eu estou achando você estranha.

Voltou-se para mim sem soltar meus braços e me olhou no escuro.

— Eu também estou achando você estranho.

— Devemos estar estranhos, então.

Sorri.

Ela não.

Fechamos os olhos, *ajustamos* o abraço e durante um bom tempo fiquei consciente de que Diana continuava acordada e que ela também estava consciente de que eu também continuava acordado.

Uma vez, dormindo com Vera, sonhei com Diana. Naquela noite, sonhei com Vera. Sonhei que Vera rodopiava sobre um pé; ria como se estivesse dançando, mas não era uma dança, e sim precisamente um rodopio, um rodopio contínuo e em diferentes velocidades, às vezes bem devagar, como se estivesse brincando com a ideia de perder o equilíbrio, e às vezes tão rápido que seus traços se apagavam.

No dia seguinte, depois de minha sessão no dr. Comas, voltei à loja de plantas quando estava já fechando. Fausto entrou no mesmo carro que tinha subido dias antes e, como daquela vez, o carro (sem dúvida um prolongamento enérgico de um idiota sem caráter) de novo partiu a toda velocidade.

Na sexta, esperei-o num táxi. Dessa vez, como se fosse um jogo, Fausto saiu da loja de plantas com a mãe e começaram a caminhar a passos lentos pela rua; ela ia de braços dados com ele. Desci do táxi e continuei pela calçada oposta.

A mãe ia lhe dizendo alguma coisa, dirigia-se a ele com gestos eloquentes, com a mão livre, e ele concordava com a cabeça. Ia olhando para baixo, mas dava a impressão de estar mais pensando em outra coisa do que escutando o que ela dizia. De quando em quando erguia os olhos e olhava alguma garota que passava, ou para alguma vitrine.

O monólogo da mãe prolongou-se durante dois quarteirões, até que chegaram a uma sorveteria. Lá, ela se soltou do braço do filho e entrou para comprar sorvete, enquanto ele ficou do lado de fora olhando as pessoas que iam e vinham, um fluxo constante àquela hora da tarde, que logo pareceu incomodá-lo; com as mãos no bolso, ele caminhou até a calçada, afastando-se. Fez uma ligação com o celular, uma ligação bem rápida que o animou, e depois fez outra, e começou a rir. Falava tão alto — não no volume, na verdade, mas no brilho da voz — que do outro lado da calçada eu conseguia captar tudo com nitidez, apesar de não entender nada do que ele dizia. Continuava falando quando sua mãe saiu (com a língua sustentava uma montanha de creme e com a pazinha investia sobre ela), continuava falando enquanto atravessavam da rua para a praça, e continuou falando até um bom tempo depois que sua mãe se sentou num banco ao pé de uma estátua que se inclinava para ela com um trapo branco na mão.

Quando finalmente desligou, pôs um pé em cima do banco, cruzou os braços sobre o joelho e ficou um momento pensativo. A mãe disse algo a ele, talvez tivesse perguntado com quem estava falando. Só então ele reagiu e se sentou ao seu lado. Não parecia ter respondido à pergunta. A mãe voltou a falar, e à medida que falava, ele parecia mais e mais abatido, até que ela bateu carinhosamente numa perna dele com a palma da mão. Ele olhou para ela. Ela disse algo e ele se inclinou para a frente, apoiou os cotovelos nas coxas e deixou a cabeça desabar, mexendo-a suavemente, sem resistir, relaxando.

A mãe desviou o olhar para um garoto que batia na água de uma fonte com um pedaço de pau. Tinha cinco ou seis anos. Uma menina vestida de empregada mantinha-se perto dele, com os braços cruzados, olhando atentamente ao longe, como se estivesse esperando a chegada de alguém. Dava a impressão de que esta não era a primeira vez que alguém não chegava. Fausto se esticou para trás e fez um gesto com a cabeça para a mãe: "Vamos?", mas a mãe estava mais concentrada no menino que ele não teve outro remédio a não ser olhar para onde ela estava olhando. O garoto tinha soltado o pau e subia pela borda da fonte. A empregada continuava de costas. O garoto se soltou pela borda de dentro da fonte e durante alguns segundos ficou imóvel, surpreso, como se estivesse mijando; depois começou a caminhar pela água. A mãe chamou a empregada. A empregada se virou. A mãe apontou para a fonte com a mesma mão que segurava a última metade da casquinha do sorvete, que imediatamente depois levou à boca. A empregada correu até a fonte, pegou o menino pelas axilas e o tirou da água, dando uma bronca nele e se lamentando. Agora estava bem ansiosa. Tirou o tênis, as meias e a calça e os estendeu em cima de um banco na esperança de que o sol secasse tudo o mais rápido possível: não podia voltar para casa com o menino daquele jeito. O que estava fazendo enquanto o menino entrava na fonte? Seria despedida. O menino chorava, agitando as perninhas nuas, como um polvo...

Espiar o outro é torná-lo raro. E quanto mais desimportantes são suas ações, mais raro é o resultado. Mas não era esse o efeito que me chamava a atenção, e sim o nada absoluto do qual a vida era feita. Estuprar minha esposa, se fosse a única mulher que ele tivesse estuprado, devia ser o episódio mais "intenso" de sua vida até aquele momento; aquela ideia bastou para que eu o odiasse com todas as minhas forças.

Naquela tarde, e na seguinte, e na outra, encontrei nada, nada e nada. Eu o vi saindo na sacada para cuspir; eu o vi fechando os olhos e erguendo a cara para o sol na porta da loja de plantas durante cinco ridículos segundos de ansiedade; eu o vi cochilando na van estacionada; eu o vi saindo de casa com uma camiseta rosa, parando e entrando de novo e voltando com uma camiseta azul; eu o vi falando com um vizinho (um senhor que parecia diverti-lo ou de quem ele tirava sarro); eu o vi tomando cerveja e lendo o jornal, sozinho, no pub bordô; eu o vi entrando em um shopping, percorrendo a metade do piso térreo, dando meia-volta, entrando num táxi; eu o vi passando a mão na cabeça, fazendo gestos de impaciência, limpando as unhas com uma chave, caminhando em diferentes velocidades, devagar, rápido e outra vez devagar, como se nenhuma ocorrência ou nenhum propósito fosse forte o bastante para fazê-lo manter o ritmo para além do impulso inicial. Até que uma noite ele me guiou ao encontro de Vando Morea, o loiro.

11

Eu estava cuidando dos assuntos práticos, das finanças, da manutenção física da casa e da segurança em geral. (Diana é muito autoconfiante e despreocupada; no período em que estivemos separados, eu telefonava para ela de quando em quando — teria telefonado *todas as noites* — para perguntar se ela tinha fechado a porta — Diana era capaz de dormir com a porta aberta, como se vivesse em Montreal — ou se tinha acendido a luz da frente, e ela sempre respondia com um grunhido.) Também cuidava para que nada a incomodasse enquanto estivesse escrevendo. Ela escrevia à mão, em grandes cadernos de folhas sem pautas, bem devagar, sempre de manhã, com uma xícara de café ao lado e a música de Jean Sibelius ou Leoš Janáček em volume baixo. Quase não rasurava; bastava dar uma olhada panorâmica no caderno para ver que tinha ruminado com cuidado cada frase antes de escrevê-la.

Eu me sentia parte do traço claro e sereno da letra dela.

No dia em que voltei, ela terminou uma história. Quero dizer, *Diana* terminou de escrever uma história. Levei Julián para dar uma volta de bicicleta. Escrever é uma das melhores coisas que Diana podia fazer por ele. Julián via a mãe *apaixonada*. (Que bem fariam tantos pais a seus filhos se lessem!)

Naquela noite, enquanto comíamos, senti que não havíamos mudado, que éramos exatamente os mesmos que tínhamos sido dois anos antes. E me assustou a ideia de que tudo fosse um erro; não que fosse um erro ter voltado, e sim que tinha sido um erro sair de casa, e que aquele erro continuava agora que eu tinha voltado.

Julián me perguntou se eu ia ficar para dormir, e me beijou e me abraçou quando eu disse que sim. Diana o levou para o quarto.

Eu fui ao jardim. Fazia tanto tempo que não olhava para ele que tive a impressão de que o jardim todo estava mais alto desde minha partida. Como se tivesse aprumado as costas. Lá estávamos de novo. Tive que dizer a mim mesmo que era normal eu me sentir incomodado ou esquisito. Aquilo logo ia passar quando soubesse quem eu era. Ou no que havíamos nos transformado Diana e eu. Mas isso ia levar um tempo. De pronto eu não ia mais me preocupar de Julián e Diana estarem sozinhos.

Depois atravessei a cama de uma extremidade à outra — como havia feito na noite antes de partir, mesmo que agora a passos rápidos —, acendi a luz da frente e me certifiquei de que a porta estava fechada com chave.

O primeiro dia foi assim.

Perguntei a ela como estava. Ela disse:

— Bem. O que é essa maluquice desse cara que entra nos prédios para matar? Vi isso agora mesmo e não estou conseguindo acreditar.

— Pegaram ele?

— Não. Ontem ele matou três pessoas perto daqui. Está todo mundo falando disso. Onde você está?

— Na rua.

— É terrível. Falei com o Trini. Ele me disse que mandou o Nudler embora para sempre da casa dele e que agora não quer nem abrir a porta para ele.

— ...

— Oi.

— Oi.

— Você achou que eu não gostava de você, né?

— ...

— Eu também pensei isso, mas agora eu te odeio. O ódio sempre nos dá outra chance, né? Espera, vou desligar a televisão... Oi.

— Oi.

— ...

— Vera?

— ...

— Oi.

— Tem coisas pela casa toda... Meu Deus, tem coisas suas pela casa toda. E eu só queria te ajudar.

— Vera...

— A televisão ligou!

— Como?

— Espera... Oi? Você acredita que a televisão ligou sozinha? Devo ter... Você vai para a Espanha?

— Vou.

— Por quanto tempo?

— Quinze dias. Andei fazendo um curso...

— Ridículo.

— É.

— ...

— Como vai seu romance?

— Tudo bem. Você ligou para me perguntar do meu romance?

— Não.

— É como um buraco negro. Vai tudo parar lá.

— ...

— Oi?

— Estou aqui.

— *Eu* estou aqui. Hoje cedo levantei e senti que estava sendo asfixiada. Encontrei um papel amassado debaixo de uma poltrona. Dizia: "Papai, estou te devolvendo a única coisa que te devo". Mas não era sua letra. O que é isso?

— Uma frase do Dalí. Escrita pelo Nudler.

— ...

— Vera...

— O quê?

— ...

— Oi?

— Oi.

— Sabe o que um cara me disse uma vez numa festa? Ele disse: "Você tem cara de raposa de ouro morta na fonte". Ele me falou isso e foi embora.

— É um versinho do Montale.

— Como?

— Eugenio Montale, um poeta italiano. "A raposa de ouro, morta na fonte". Talvez não fosse do Montale, talvez seja do Quasimodo...

— É verdade?

— Se é verdade o quê?

— É um verso?

— É.

— Você sabe de tudo?

— Foi por acaso. Eu tinha lido. Eu me lembrava.

— O que significa?

— Não sei, não faço a menor ideia. Quem te falou era italiano?

— Não, um argentino. Passou por mim, me falou isso e foi embora. Nunca o tinha visto e nem vi de novo. Não sei por que me lembrei disso agora... Isso! Me senti envaidecida. Inquieta e envaidecida, um efeito *bem* seu sobre mim. Agora há pouco, quando você ia me falar alguma coisa e não falou... Deixa pra lá.

— Sim.

— Me lembrei disso.

— ...

— Juro para você que tudo isso me deixa tão triste...

— Sinto muito, Vera.

— Comecei uma coisa nova.

— Em que sentido?

— Em que sentido? Comecei a *escrever* uma coisa nova. Escrevi só uma cena. Quando eu terminar o romance, vou continuar. Olha só. Ele é carateca, o melhor do mundo, um Bruce Lee. Teve uma filha e a abandonou para continuar com a carreira. Cinema, televisão, publicidade, muito cinema, cinema, cinema. Mas não era só famoso, era também um gênio. Um gênio de verdade. Muitos anos depois de ter abandonado a filha, já aposentado, já velho, morando numa ilha, e sua filha, que seguiu os passos dele, profissionalmente falando, e que tem os mesmos talentos que o pai, e começa a procurá-lo, consegue localizá-lo e vai se encontrar com ele. Emoção, choro etc.: o carateca parece um espantalho. Naquela noite, eles se sentam na areia, na beira do mar. Um do lado do outro. Eles têm um milhão de coisas para dizer um ao outro, mas não sabem nem como começar. O barulho do vento é bem forte e de certa forma os protege, os ajuda a se manter em silêncio. Em determinado momento a filha pede ao pai para lhe ensinar seu maior segredo. É a única coisa que pede. O segredo de sua técnica, digamos. O velho olha para ela. O vento sopra cada vez mais forte, soa tão alto que até parece artificial. O velho faz que não com a cabeça. Ela diz: "Por favor". O velho então se levanta, dá uns poucos passos até a beira do mar, se concentra, e dá uns golpes no ar com as mãos e os pés, golpes breves e velozes, quase como se estivesse escrevendo no ar com o corpo, e o vento cessa por completo. Depois se senta novamente ao lado da filha. Ela está boquiaberta. Não consegue acreditar. Diz a ele: "Você parou o vento! Meu Deus! Como você fez isso?". Ele olha para ela, sorri e diz com tranquilidade: "Foi por acaso".

— É genial.

— Escrevi para você. Eu também gosto, mas escrevi e planejei para você. Tudo o que escrevo, eu escrevo para você. O que mais gosto de mim vai *sempre* na sua direção... Está entendendo por que te odeio?

Desliguei o telefone e me sentei numa mesinha na calçada, em um bar que era um ovo, a alguns metros da casa do loiro. Na mesa ao lado estava um homem de uns setenta anos, com o cabelo branco bem longo, quase pelos ombros, cuidadosamente penteado e vestido. Olhei para ele só porque o estado de seus sapatos — esfolados, sujos — destoava do restante da roupa, e por um momento me distraí considerando a ideia de que se começa a envelhecer quando se descuida do estado dos sapatos, mais do que de qualquer outra coisa, como se o envelhecimento começasse de baixo, e de repente ele me falou:

— Você sabe como foi que eu enlouqueci?

— Perdão.

— Sabe como foi que eu enlouqueci?

Fiz que não, em silêncio, com a cabeça. A voz dele era suave e tranquila e se dirigia a mim com gestos tão amáveis que não pude deixar de escutá-lo, apesar de por um instante ter desejado que o chão se abrisse sob meus pés.

— Muito simples — disse —, numa noite eu tive um sonho e nunca mais consegui sair dele.

No centro da mesa dele (literalmente o centro, obsessivamente posicionada no centro), estava uma tacinha de um líquido espesso de cor azul, sem dúvida um desses licores Cusenier que cobrem toda a paleta de cores primárias (lembro-me que há alguns anos em algum lugar de veraneio eu tinha me prometido beber sempre esses licores, mas nunca voltei a experimentar e nem a pensar nele); levou a tacinha aos lábios, bebeu um pequeno gole e depois, por um momento, *trabalhou* a consciência para colocar de novo a tacinha no centro da mesa. Inclinou levemente a cabeça para um lado e para o outro, medindo as distâncias, deu-se por satisfeito e se voltou mais uma vez para onde eu estava.

— Era noite — ele disse. — Em uma clareira na mata, ou na montanha... Olha que curioso: vivo nesse sonho faz anos e nunca consigo saber se é na mata ou na montanha... — sacudiu a cabeça, estalou a língua. — Éramos umas vinte pessoas e tinha acabado de chegar um novo grupo. Nem sei o que toda aquela gente fazia... O certo é que naquela noite havia um vento forte e barulhento que atrapalhava a conversa. (O próximo romance da Vera já estava no ar, no ar da psicose, *também.*) Tínhamos acendido uma fogueira, como fazíamos toda noite, e nosso maior prazer era sentar em volta do fogo para conversar, mas o vento, como te disse, uivava, era o protagonista absoluto da noite, apesar de não conseguir fazer voar nenhuma faísca. Eu estava encarregado de alimentar o fogo, de mantê-lo vivo, de modo que de quando em quando eu me afastava, recolhia algum graveto do chão e voltava para jogá-lo na boca, se o senhor me permitir essa metáfora. Bom. O som do vento era tão forte que tínhamos que ler nossos lábios. O grupo tinha um grande narrador, um homem jovem, obeso, com uma boquinha do tamanho da ranhura de um orelhão de ficha, que noite após noite costumava competir comigo: eu contava um causo, depois ele contava outro. Claro que havia outros contadores de história, na verdade todos no grupo éramos contadores, mas é como minha mãe dizia: "Muitos são os chamados e poucos os escolhidos". Em meio ao contingente de contadores que acabava de chegar, havia uma mulher linda, de pele e cabelo tão escuros que dava a impressão de não ter cabeça quando ela se afastava da luz do fogo e de recuperá-la quando se aproximava. Imediatamente me senti atraído por ela. Tinha percebido que a mulher, enquanto eu contava minha história, lia os meus lábios, logicamente, mas que aproveitava minhas pausas para me olhar nos olhos, como se ela também se interessasse por mim. Isso, se o senhor me permitir a confiança, me deixou excitado. Dei tantos detalhes, entrando e saindo do assunto principal, que por vezes, enquanto falava, tive medo de não conseguir alcançar outra vez um clímax como aquele. Quando terminei, todos ficaram de pé e aplaudiram ferozmente, apesar de não se poder ouvir os aplausos. Depois voltaram a se sentar. Era a vez do jovem obeso. Eu me afastei por uns segundos para recolher mais madeira (escolhi um pedaço grande, largo, seco), mas o jovem não começou sua história enquanto eu não voltasse. Então vejo que a mulher do cabelo preto se adianta (aparece a cabeça dela) e me fala alguma coisa a plenos pulmões. Coloco a mão atrás do ouvido, para dar a entender que não estou ouvindo. Ela volta a falar em voz mais alta, gritando. Percebo o que ela grita pela expressão de seu rosto. E dessa vez acho que entendo. Ela diz: "Como se sente sendo um gênio?". Meu Deus! Que pergunta! Eu sorrio, abaixo a cabeça e olho para ela de novo, agora piscando com vergonha (como se pela primeira vez o vento me incomodasse). Ela, por outro lado, volta a gritar. Grita tanto que seu rosto se deforma. Entendo que ela quer uma resposta, mas como se responde à pergunta "Como se sente sendo um gênio?" no meio de uma barulheira daquelas? Faço um gesto de saca-rolhas com o dedo, indicando que podemos falar daquilo depois, noutro momento, quando o vento tiver parado. Isso parece incomodá-la. E naquele exato instante o vento faz um silêncio e eu consigo ouvi-la com toda clareza, gritando: "Tem mais madeira no engenho?".

Falou isso e começou a dar risada. Ria com um riso baixinho mas profundo, se retorcendo, balançando-se para a frente e para trás e dando tapinhas na mesa com o posterior deslocamento da tacinha do centro para a borda. Pegou a tacinha e, sem parar de rir, segurou-a enquanto o dizia, quase engasgando:

— Lembro disso o tempo todo... Rio de repente, rio na cama, no chuveiro, no ônibus, no banco, nas festas, na missa, no cinema, em qualquer lugar. Me lembro e rio, meu caro, rio. Esse sonho me deu uma felicidade. Antes de ter esse sonho eu era uma pessoa amarga, vivia tenso, insatisfeito, nervoso, deprimido, passava o tempo pensando num amor perdido, maldizendo minha falta de sorte, me sentindo doente por qualquer coisa. Queria caminhar mais rápido do que podia e tirar mais do que o que entrava, para dizer de algum jeito.

Olhou para mim.

— E você, o que faz? — disse, ficando sério de repente.

— Sou roteirista de televisão.

— Sinto muito — respondeu ele.

E ambos nos inclinamos para frente, ao mesmo tempo.

Fez-se uma pausa, uma pausa grave, não exagerada mas injustificada, como se eu tivesse acabado de dizer a ele que eu matava pessoas por dinheiro ou que fazia propagandas de cerveja (por dinheiro, pelo que mais seria?). Depois ele chamou o garçom, pagou sua tacinha, levantou-se, me cumprimentou e foi embora sem rir. Uma só risada, um mínimo encolhimento de ombros enquanto se afastava, e eu não teria acreditado em uma só palavra de tudo o que dissera.

Segui-o com o olhar até ele dobrar a esquina. Acreditar no relato dele ou não era algo que não tinha a menor importância, no fim das contas. Então vi uma chave no chão, debaixo da mesa. Levantei-me, peguei o chaveiro e fui o mais rápido possível até a esquina para chamá-lo; não devia estar longe. E de repente ele apareceu na minha frente. Quase batemos. Mostrei a ele as chaves.

— Percebi que estava sem elas — disse, pegando o chaveiro. — Obrigado.

— De nada.

— Tchau.

Dei meia-volta e topei com o loiro.

Ele ficou surpreso de me ver e eu de que ele me conhecia.

Algumas coisas são tão simples que se tornam assombrosas: ele me conhecia porque *conhecia a Diana*. Foi a primeira coisa que me veio à cabeça. Conhecia a Diana desde *antes* de estuprá-la.

Estávamos a cinco metros de distância e o efeito que teve aquela informação foi o de um braço que literalmente se estica (o dele) para me parar, colocando uma mão diante do meu peito. Sei o que ele pensou: "Diana contou" (Talvez ele até tenha evitado o "Diana").

Nos olhamos firme, nos olhamos com firmeza, nos olhamos firmemente. Foi um segundo, mas soube que me lembraria daquilo como um longo olhar. A roupa dele (um blazer cinza, uma camiseta preta e um tênis no mesmo tom) ficou se mexendo, mesmo depois de ele parar: brisa, inércia, fantasia ou tudo ao mesmo tempo, o loiro logo se juntou ao movimento da roupa e deu um passo na minha direção.

Fui eu quem venci o resto da distância que nos separava.

— Temos que conversar, né? — Foi a primeira coisa que ele disse.

— Seria bom.

Encheu os pulmões de ar e expirou veneno, olhando em torno como se considerasse a possibilidade de sair correndo sem se humilhar.

— No barzinho?

Vi que o barzinho, incrivelmente, se chamava Sussuros.

— Não sei se vamos poder falar disso aos sussurros — disse a ele e me arrependi no ato: uma tirada boba, numa situação daquelas. Mas ele pareceu não ter percebido nada.

Apontou com o queixo por cima do meu ombro:

— Eu moro ali — disse.

Disse depois de pensar.

E depois de dizer isso pôs a mão no bolso, foi para o meu lado e enfiou a chave na fechadura.

Não olhou mais para mim, nem quando abriu a porta nem quando se afastou para me deixar entrar.

Preciso fazer alguns comentários: pôs a mão no bolso com convicção, mas não como se a convicção fosse resultado do que ele tinha pensado, e sim como que *se interrompendo*, impaciente; da mesma forma quando foi para o meu lado: até um robô teria sentido o impulso dele. Mas enquanto estava abrindo a porta, e quando se afastou para me deixar entrar, pensava, pensava a toda velocidade, pensava e não me olhava porque sabia que não havia nada no mundo além do pensamento dele.

A casa era... bem, estava tudo *exposto*, como em exposição: uma casa em itálico. Suspeitei até da naturalidade com que saía do teto uma planta de caule longo no hall de entrada. Era evidente que o decorador e o escritório de decoração que a havia projetado tinham arrancado o couro dele; olhando para a casa, quase era possível ouvir suas conversas, trabalhavam conceitos e diziam coisas como "a força deste volume" e "para enfatizar as linhas de fuga", enquanto o decorador havia se deitado no orçamento do proprietário como em um pufe, de onde ele nem sempre escolhia o melhor, mas o mais caro. Alguns móveis, inclusive, pareciam projetado ad hoc para bombardear o trabalho conceitual do escritório.

Tudo era grande, até a luz. Grande e branco, organizado e limpo. A roupa cinza do loiro passou do meu lado como uma sombra.

Segui-o até a sala: lareira, mesa dobrável ovalada, cercada por larguíssimas poltronas de couro, montanhas de vídeos e CDs, um quadro de Jeff Koons na parede.

— Vou tomar um uísque. Quer também?

Aceitei, mais porque a formulação do convite era deselegante do que porque quisesse beber.

Enquanto ele foi buscar o uísque, fiquei parado espiando aqui e ali. Era a casa de uma pessoa de sucesso ou de alguém que queria parecer bem-sucedido. A princípio, tinha dinheiro e o investia em parecer contemporâneo. Tinha tudo que é preciso ter. Quem era, o que fazia? A única coisa que eu sabia é que ele sabia quem era eu.

— Ganhamos no mês passado — disse de repente atrás de mim.

Voltei-me. Peguei o copo que me oferecia e perguntei o quê.

Indicou algo em cima da lareira com a mesma mão em que trazia seu copo, e em seguida levou-a aos lábios. Olhei para lá, sem saber o que tinha me apontado nem o que eu tinha olhado. Em cima da lareira havia pelo menos uma dúzia de objetos que, à exceção de um Mickey pelado e com ereção, podiam ser prêmios.

Ainda agora não consigo imaginar um desinteresse maior do que o que senti naquele momento pelos seus prêmios. E então, justo quando menos sabia o que dizer, entendi o que ele fazia, com o que trabalhava.

Meu Deus, falei de mim para mim.

Perguntei a ele:

— Como se chama a agência?

Ele fez duas coisas, não sei em que ordem: uma, me corrigir ("produtora") e a outra erguer as sobrancelhas, como se estranhasse que Diana não tivesse me contado.

— Fiquei olhando para ele.

— "Serviço técnico" — finalmente falou.

— Este é o nome?

Concordou, orgulhoso do nome.

— Seria bom para um restaurante — eu disse.

Sorriu, deu meia-volta e caminhou rapidamente até o fundo da sala, onde o controle remoto estava em cima de uma mesinha; pegou-o e apontou-o para as janelas, apertou um botão e as persianas começaram a se abrir. As janelas davam para um jardim. Na metade do jardim, havia uma piscina de natação, e depois uma espécie de abrigo marroquino (arcadas, almofadas) que não combinava em nada com o resto da casa. O loiro estava tenso, ansioso. Achei que começava a considerar a hipótese de que Diana não tivesse me contado que ele a estuprara e que gestos como levantar a persiana ou fingir que estava procurando as chaves entre as almofadas do sofá, como fez logo depois, eram uma forma de adiar o assunto que tinha nos levado até ali, enquanto ele decidia ou adivinhava o que é que eu sabia. Se alguém tivesse lhe assegurado que podia se aproximar da verdade só ganhando tempo, ele teria começado a lavar o chão, os pratos e a soprar o pó dos prêmios.

Pela segunda vez ele apalpou os bolsos. Estalou a língua. Depois fingiu lembrar-se de que tinha deixado as chaves na porta de entrada. A lembrança era fingida, mas as chaves estavam lá. Foi pegá-las. Voltou e me pediu um cigarro. Dei um a ele. Acendeu-o. Pensei, olhando para ele: "Sabe que a última coisa que ele pode fazer antes de começar a falar é soltar a fumaça". Naquele instante, o celular dele tocou.

Chamou a minha atenção a quantidade de coisas às quais um homem assustado pode se agarrar. Toda hora acontece alguma coisa, ou fazemos com que aconteça. Se isso continuasse assim, na medida em que eu me mantivesse calado, esperando ele começar a falar, podia assistir ao espetáculo de uma constelação de miudezas encadeadas. O mais curioso, porém, é que ele era mais jovem e mais forte que eu. Não podia ter medo de mim.

Se agora havia a possibilidade de que Diana não tivesse me dito que tinha sido estuprada, que *ele* a tinha estuprado, ele devia estar arrependido de ter me feito entrar na sua casa. No fim das contas, tínhamos nos encontrado caminhando, tínhamos nos encontrado em movimento; alguns segundos mais e ele teria me visto sentado à mesa do barzinho, na calçada, e teria entendido que eu estava esperando por ele, mas não foi assim que aconteceu. Eu tinha inclusive deixado para trás a sua casa, tinha passado junto ao alto muro pichado e descascado que cobria o luxo de dentro quando nos encontramos e nos surpreendemos ao nos ver, como se fosse um encontro casual. Naquele momento foi impossível fingir o que quer que fosse, mas o mais provável é que, se ele não tivesse parado ao me ver, delatando que me conhecia, eu o teria deixado passar, como já tinha feito em muitas oportunidades com o cara da cabeça raspada. Teria me limitado a segui-lo e a espioná-lo sem emoção, até que soubesse o que fazer ou o que *podia* fazer.

— Nada, estava aqui conversando um pouco com um... amigo — ouvi ele dizendo ao telefone, olhando-me de esguelha.

Não ouvi sua voz duplicada, nem dobrada, nem patinando, nem com câmera, não ouvi ruídos metálicos, nem o sussurro amplificado do que ele disse naquela tarde a Diana, não me assaltou o flash da faca na boca, as paredes não começaram a girar, não houve clarões, nem tonturas, nem saltos no tempo, nada se apagou, não apertei os olhos, nem as mandíbulas, nem os punhos, não perdi a consciência, meu coração batia normalmente e tudo ao meu redor continuava no ritmo de seu próprio sentido: uma brisa movia a sombra de uns galhos na parede, começava a cair uma garoa fina, tão fina e espaçada que mais parecia um efeito da luz. Mas então vi a mim mesmo procurando algo para limpar as marcas dos meus dedos no copo e soube então o que é que eu ia fazer: matá-lo.

Finalmente ele desligou.

— O que é que você quer? — ele disse, e foi servir outro uísque.

— Escutar você — respondi.

A conversa telefônica, pelo simples fato de ter dado um respiro a ele, parecia tê-lo deixado mais valente, mas do mesmo modo se protegeu detrás de um sofá, com os cotovelos apoiados no encosto. Deixou a cabeça cair entre os ombros e quando voltou a erguê-la, disse:

— Eu te conto rápido e você vai embora. De acordo? Tenho coisas a fazer.

Concordei.

— Ela me deixou — disse.

Fez uma pausa tão longa que deu a impressão de que aquilo era tudo o que estava disposto a contar. Eu continuei olhando para ele fixamente, sério, calado.

— De repente me deixou. Assim, sem nenhuma explicação. Me deixou. Eu estava apaixonado por ela. Nunca tinha me apaixonado assim por ninguém. Para mim foi como se ela tivesse me cravado uma estaca no coração... Me fulminou. Juro para você que tinha noites em que eu achava que ia morrer de dor. E eu não entendia o porquê. Ela não queria me ver, não atendia minhas ligações, de repente era como se me odiasse. Uma tarde fui procurá-la na casa dela, chorei, me humilhei, mas ela me afastou com uma mão e eu fiquei louco. Bati nela.

Senti um calafrio.

— Diana não me disse que "de repente" não quis mais te ver... — eu disse.

— Está certo, pode ser. Eu senti desse jeito. É verdade: no começo fomos uma vez comer fora, outra vez saímos para caminhar, mas não tinha nada a ser feito. Não digo que não tinha nada a ser feito com a gente... Com a gente não tinha nada a ser feito, mas, principalmente, não tinha nada a ser feito *com ela*. Ela estava fria, me falava verdades o tempo todo. O tempo todo fazia eu sentir que era definitivo, definitivo como se ela me detestasse. E depois sim, de repente não quis me ver mais, não atendia minhas ligações... Eu me senti ridículo, patético, horrível, uma coisa horrível. Tudo começou a ir mal. Até agora ainda estou tentando juntar os cacos.

— Muito bem, agora a verdade — eu disse.

Olhou para mim. Eu desviei o olhar procurando a garrafa. Fui até ela, servi uma dose e voltei para o mesmo ponto onde estava um momento antes.

— O que eu te falei é a verdade. Ela me deixou, eu bati nela. Nunca tinha batido em ninguém. Ela me deixou de repente e eu enlouqueci e bati nela. Sinto muito. Ela transformou minha vida num inferno. Foi só isso. Agora preciso tomar uma ducha, tenho uma reunião importante.

— Quem é Fausto?

A pergunta o desestabilizou. Tinha saído de detrás da poltrona e se sentado, afundando-se nela. Agora foi inclinando-se lentamente para a frente, até apoiar os cotovelos nos joelhos, a mesma posição que tinha ficado antes no encosto da poltrona: perdia altura.

Estava pálido. Tomou um gole de uísque, foi um golinho mínimo, mas deu a impressão de ter querido esvaziar o copo e de lhe faltarem forças. Todas as suas esperanças, que eram apenas uma, acabavam de desabar: sim, Diana tinha me contado.

Pensei por ele: "Ele está cheio de ódio e eu sou só mais forte".

Dei um passo para trás e apoiei as costas na parede. Agora me parece que fiz aquilo para lhe dar espaço, mas o que me lembro daquele momento é de um grande cansaço, um cansaço enorme e pesado e até crepitante.

"Bom", ele falou.

Ouvi um suspiro e pensei ter ouvido ele dizer "bom" e levantei o olhar. Quer dizer: percebi que não estava olhando para ele, e ouvi um suspiro ou um bufo e ergui o olhar. Ele sim estava olhando para mim. Me olhava como se eu fosse uma presa, mas não como uma presa qualquer, me olhava com o orgulho de um predador que acaba de perceber sua condição secundária. Orgulhoso e também irritado.

— Um dia descobri que ela tinha me deixado para *voltar com você*. Senti ódio dela com toda minha alma, e quis me vingar... — ergueu o copo, mas no meio do caminho desistiu de beber; inclinou-se e o pôs na mesa. — Fausto é um amigo de infância. Diana o detestava, dizia que era um idiota, e ele realmente é: nunca fez nada direito, nem mesmo conseguia olhar para ela discretamente... Contei para ele o que eu estava pensando em fazer e lhe pedi para me acompanhar. O idiota esfregou as mãos...

Isso era tudo, finalmente.

Levantou o rosto para mim e suas pupilas se dilataram e diminuíram e voltaram a se dilatar como a lente de uma câmera que faz foco em seu objetivo. Não teve tempo. Não dei tempo a ele.

12

Segui todos os conselhos práticos do dr. Comas para voar tranquilo. Fui até o aeroporto sozinho; sabia que me despedir de Julián e também de Diana me deixaria nervoso. O Conselho Número 2 era chegar descansado. Tentei, mas na véspera dormi apenas três horas, talvez quatro, e tive um pesadelo estranho, um pesadelo que parecia de outro e que se repetiu várias vezes ao longo de minha curta noite.

Éramos cinco irmãos. Estávamos à beira de um precipício e tentávamos empurrar o mais velho. Eu percebia que uma vez que o empurrássemos, o maior dos quatro restantes seria eu e que eles tentariam me empurrar. Então não fazia muita força. E assim por diante, até que nenhum de nós fazia mais nada para jogar o mais velho. Resultado: a gente o soltava e ele enchia a gente de pontapés na bunda.

Acordei com a sensação de que era um sonho de outro. Sonhei novamente a mesma coisa e me levantei. A angústia tinha mais a ver com a sensação de que era um sonho alheio do que com o sonho em si. Não fazia "contato" com seu sentido — que tinha, e era claro, mas não me interessava: era como se alguém (não Deus, por favor, mas o loiro) me obrigasse a citar uma passagem de seu inconsciente, ou a visitá-lo. A ideia de que poderia estar sonhando um sonho do loiro me aterrorizou mas também me tranquilizou. E não acordei mais na terceira vez que voltei a sonhá-lo.

Diana me acordou. Eram cinco da madrugada. O avião saía às nove. Tomei uma ducha. Quando terminei de me vestir, desci para tomar o café da manhã. Diana tinha feito café e torradas e tinha colocado o *Álbum branco* dos Beatles num volume baixo.

— Como eu queria que aparecesse um grupo assim para a vida do Julián... — falei para ela.

Diana sorriu com certa condescendência e me disse que o dia estava bom, com o céu limpo. Ainda era de noite. Havia estrelas em toda parte, até nos olhos dela.

— Eu te amo — disse a ela.

— Eu também — disse ela, e segurou minha mão. — Você está tranquilo?

— Acho que sim.

— Vai dar tudo certo.

— Quando eu voltar. Quando eu voltar tudo vai dar certo, eu juro.

Tomei metade da xícara de café, e enquanto esperava chegar o táxi que Diana tinha pedido na tarde anterior — talvez no mesmo momento em que batia na cabeça do loiro com seu triste prêmio publicitário —, repassei as coisas que tinha que levar e que havia colocado no chão, ao redor de uma bolsa de mão: o passaporte, dinheiro, minha agenda, um bloco de notas sem pautas, duas canetas, um pendrive com meus arquivos de trabalho, aspirinas, colírio, balas, uma caixa de chicletes, uma caixa de Tranquinal, uma garrafinha de água mineral, óculos para leitura e óculos de sol e uns livros. Guardei tudo na bolsa e fui deixá-la do lado da mala, no andar de baixo.

Depois subi ao quarto de Julián. Estava dormindo de barriga para cima, com os braços abertos, como se estivesse tomando sol. Estava com o lençol enrolado nas pernas. Tirei cuidadosamente o lençol e cobri Julián até a cintura. Olhei para ele e percebi que ele estava começando a ficar parecido com a mãe; até o ano anterior parecia muito comigo, mas seus traços tinham se deslocado durante minha ausência... Agora Diana e eu podíamos nos reconhecer no seu rosto em partes iguais. O nariz e a boca eram de Diana, os olhos e a forma da cabeça eram meus. Sentei-me na cama e ele se virou e apoiou um braço nas minhas pernas.

— Papai, posso dormir um pouquinho mais? — disse (sem abrir os olhos, movimentando delicadamente os lábios de Diana).

Disse que sim, para ele dormir, que ainda era cedo, e ele sorriu e novamente eu *senti a razão* pela qual daria minha vida por ele, além do amor. Faltavam ainda duas horas para que tivesse que se levantar para ir à escola. Peguei sua mão de cima de minhas pernas, me levantei e de repente não soube o que fazer com aquela mão, se acomodá-la num canto, se estendê-la junto ao corpo, ou simplesmente deixá-la cair. Então Diana entrou no quarto.

— O táxi chegou — disse num sussurro.

Não me mexi.

— O que foi? — perguntou-me.

— Não consigo soltá-lo... — respondi.

Diana começou a rir. Tapou a boca com a mão e riu tanto que me contagiou. Eu ri da risada dela, mas ela riu do meu terror: aquilo me acalmou. Deixei a mão de Julián em cima da cama, dei um beijo nele e saí do quarto atrás de Diana, que ia fazendo que não, divertida, com a cabeça.

Outro conselho do dr. Comas era usar roupa cômoda e de algodão e sapatos de cadarço e com sola de borracha, não me perguntem o porquê: eu não perguntei. Eu fiz. A produtora tinha me pagado a passagem, de modo que acrescentei uma montanha de moedas e troquei por uma passagem de primeira classe, onde os movimentos e os barulhos do avião são menores. O dr. Comas aplaudiu minha decisão quando comentei com ele: "Você vai ter um voo *fascinante*", disse. Ele usava esse termo com a frequência de um tique.

O taxista não falou: estava dormindo (ou estava tão concentrado no caminho que parecia estar dormindo). Senti menos medo daquilo do que do sangue encharcando a cara do loiro. Tinha caído para trás com certa inteireza, como se soubesse que eu ia bater nele. Mas em seguida se levantou e começou a uivar e a saltar como um gafanhoto para um lado e para o outro. Gritei para ele calar a boca. Dei um passo em sua direção com a estatueta na mão e gritei para ele calar a boca, e ele obedeceu.

— Está doendo, está doendo muito, você quebrou minha cabeça — ele disse. Estava com a cara enrugada como uma uva-passa e tocava na ferida com a ponta dos dedos. O sangue estava morto.

Perguntei-me como era possível que Diana, que era tão exigente e seletiva, tivesse sido capaz de sair com um cara daquele. Dava a medida exata da solidão dela. Supus que Diana também tivesse se perguntado aquilo e que sua resposta, se é que teve resposta, tivesse sido um tremor.

O táxi fez uma manobra brusca para desviar de uma moto. Na moto estavam um homem e uma mulher e entre os dois um garoto de uns seis ou sete anos. A mulher e o garoto estavam agarrados à jaqueta de couro do homem, que olhou para a gente e gritou algo com a boca bem aberta.

— Rá — disse o taxista —, quando eu era criança, meus pais me levavam desse jeito...

"Não fale, por favor, não fale", implorei. Ele não falou mais nada. Meio minuto depois já estava de novo dormindo ou concentrado. Amanhecia.

Era a mesma luz do entardecer do dia anterior. Então o loiro voou na minha direção. Não bati nele com a estatueta, bati nele com a mão que estava com a estatueta. Por um momento ele ficou imóvel no lugar do golpe, como se o impulso do corpo dele para a frente e o impulso do meu golpe para trás medissem forças. Finalmente retrocedeu e caiu sentado no chão, com as costas na poltrona. Ao sangue que jorrava da ferida na testa agora se somava o sangue do nariz e dos lábios.

"Como é fácil acabar com um homem", pensei. Ele deve ter percebido, porque eu não saí de onde estava, não fiz gesto algum, nenhum movimento, fiquei lá quieto olhando para ele, e ele mesmo ergueu uma mão na minha direção, a mesma mão que tinha levado ao rosto depois do primeiro golpe e na qual o sangue tinha se secado com uma velocidade assombrosa, me pedindo para não fazer nada.

Durante muito tempo, durante meses, durante um ano, durante dois anos, a cada dia, quase todos os dias, Diana tinha me pedido para voltar para casa, ou me havia sugerido ou dado a entender que eu voltasse, ou pensava naquilo e me deixava ler seu pensamento. Deixar a pessoa com quem se tinha vivido uma década pode ser terrível, mas não menos terrível é para aquele que foi abandonado pedir a quem viveu uma década com ele para voltar. Além do mais, é todo o estranhamento, a esquisitice, a falta de sentido envolvidos, como se fosse algo no tempo que se quebrou, mais do que no casal; como se o tempo tivesse enlouquecido em alguma parte. "E de uma hora para outra, de repente..." Não foi nisso que pensei quando o loiro ergueu a mão para mim. Pensei nisso quando vi sua outra mão apoiada no chão, com a palma para cima. Eram as duas faces da mesma moeda em mãos diferentes: a mão que agora suplicava pela própria vida era a mão que tinha estuprado Diana, enquanto a mão que jazia inerte no chão poderia tê-la feito feliz, *teve* a chance.

A ideia de que aquele rato ensanguentado incapaz de pronunciar uma palavra poderia ter se transformado quase em um pai para meu filho me assombrou. *Teve* a chance. Seu erro, no fim das contas, tinha sido ser o que era. Que pouca piedade me inspiram os que são incapazes de mudar de lugar; exceto como os turistas, aqueles para quem o novo vem sempre de fora e sempre como curiosidade ou diversão, os que são o que são a ferro e fogo, os fascinados pelo penhasco, na tristeza do efeito. O gênero da publicidade é a comédia: a comédia *do ideal*. Para fissurar a educação sentimental completa de um inútil hiperativo que entregou sua vida à mentira e ao dinheiro, basta uma mulher como Diana (palavra de apaixonado, palavra de escritor que não escreveu uma palavra), mas não foi suficiente para ele. O filho da puta era incapaz de tudo, menos de se vingar da mulher que dizia amar! E de confessar isso para mim, como se ele tivesse razão! No fundo ele tinha "razão": ele não conseguia chegar à altura da Diana, *entrar* na altura de Diana, só conseguia viver na própria altura; sentado com a bunda no chão, erguendo para mim uma mão na qual seu próprio sangue secava a toda velocidade, como se não quisesse ter nada a ver com ele.

Da mesma forma que eu não podia contar para Diana que tinha presenciado o estupro e que não tinha tido coragem de intervir, ela não tinha *recursos* para enfrentar uma nova separação, nem mesmo a possibilidade de se separar. Já tinha sido demais. Um estupro não é o melhor "presente" para nenhum casal que tenha dito *vamos tentar de novo*. Ele deve ter pensado isso... É verdade: seu gemido, os gemidos que consegui ouvir e que me fizeram parar na hora em que me dispus a entrar não merecem sequer a consideração de uma desculpa. Me machucaram naquele momento como me machucam agora. Não há muito a dizer. Não sei se foi o ódio ou a benzodiazepina, mas fiz tudo automaticamente; quando quis me lembrar já estava no avião.

Havia bem pouca gente na primeira classe; alguém no banco da frente, duas mulheres jovens na minha diagonal, um homem de camisa azul-celeste e óculos de armação metálica atrás de mim... Olhei para fora pela janela. Um caminhão-tanque bombeava combustível dos depósitos subterrâneos para os tanques de um Jumbo que parecia uma baleia orca de cem toneladas. Enfiei uma mão no bolso: toquei na minha cópia das chaves de casa, que obviamente havia trazido sem nenhuma necessidade, e sorri com o mesmo sorriso abstrato das duas aeromoças que naquele momento iam e vinham entre a cabine e algum lugar às minhas costas, testando o funcionamento dos sistemas de iluminação e comunicação. Os pilotos deviam estar verificando aspectos técnicos; introduziam dados no computador de navegação e coordenavam seu trabalho com os encarregados de despacho e com os controladores de voo. Finalmente as portas se fecharam.

Um garoto de uns dez anos saiu da cabine do comandante e se sentou do meu lado. Tinha os cabelos bem lisos, castanhos, com mechas de um loiro luminoso, e estava vestindo uma camiseta lisa de um cinza-escuro, ainda com o vinco do ferro de passar nas mangas, o que conferia a ele um ar formal demais para sua idade. Estava um pouco acima do peso e parecia cansado ou entediado.

Os motores foram acionados. Voltei a olhar para fora quando começamos a nos movimentar. Um operador de voo observava o deslocamento do avião, falando pelo rádio. Fomos nos dirigindo lentamente para a pista de decolagem enquanto uma aeromoça recitava as medidas de segurança. Ouvia-se o zumbido dos motores hidráulicos que movimentavam enormes superfícies de controle das asas e do manche. O garoto ajustou seu cinto de segurança (coisa que eu tinha feito havia mais de meia hora, assim que me sentei), apoiou a cabeça em uma mão e fechou os olhos. Senti inveja dele, era incrível que alguém pudesse dormir ou tentar dormir em um momento como *aquele*.

Finalmente o avião se posicionou na pista de decolagem. Até então eu não tinha precisado recorrer às técnicas de relaxamento e aquilo me alegrou. Um módico triunfo do conhecimento sobre a fé cega no comandante, nos técnicos, nos aparelhos e nas leis da terceira dimensão. Procurei árvores com a vista para ver para onde o vento estava soprando, porque sabia que se a física que eu tinha estudado na escola continuasse vigente, a força de elevação dependeria da velocidade com a qual o ar passasse pelas asas, e que o avião conseguiria muito antes alcançar a velocidade necessária para a decolagem se a realizasse contra o vento, e não a favor. Mas a única coisa que vi foi um pássaro que ia apressado em direção ao rio.

Então o barulho do motor aumentou e o avião se lançou para a frente. Senti a aceleração nos braços e no peito, mas nenhuma tontura, nem embotamento, nem suor. O bico se inclinou para cima. E de repente as rodas perderam o contato com o solo.

O avião *estava voando*.

Calculei que minha excitação era normal, uma excitação ligeiramente negativa e fácil de assumir. Enfiei a mão no bolso e peguei a cartela com o Tranquinal, mas mantive a mão lá dentro: *precisava* tomar? Era toda uma decisão. Era ridículo também: "Procuro minha droga quando mais fácil me parece assumir meu estado". Um momento depois se ouviu um barulho surdo e suas vibrações. Sabia que o trem de pouso acabava de ser recolhido, mas mesmo assim me inquietei.

— Fique tranquilo — disse ao garoto —, guardaram as rodas.

O garoto me olhou com serenidade.

Tive a impressão de que fazia muito tempo que não via ninguém tão sereno. Fiquei olhando para ele por alguns segundos, como se fosse a primeira oportunidade que eu tinha de observar o outro lado da fobia. Depois me desencostei da poltrona.

— Este é um momento feio... — disse.

Já não estava falando com o menino, e ele também não me escutava.

A potência dos motores tinha se reduzido, justamente porque ao recolher o trem de pouso o avião exerce menos resistência e precisava de uma força de impulso menor: eu sabia de tudo, tinha toda a informação, mas ainda assim *empurrei o avião* para cima com o corpo. Em voos anteriores minha sensação tinha sido sempre a de que o avião não tinha potência o suficiente e que despencaria de uma hora para outra. Devo ter feito direito: não era o primeiro avião que eu carregava. (A quantidade de aviões que chegaram ao destino só porque eu os sustentei no ar!) No minuto seguinte, o comandante apagou o sinal luminoso, para indicar que a partir daquele momento podíamos afrouxar os cintos de segurança. Estávamos já a dez mil metros de altura, já tínhamos posto um colchão de ar entre nós e a terra? Sim: surgiram as aeromoças empurrando um carrinho com champanhe.

Só então tirei a mão do bolso. Apertei a cartela em cima de uma mão e um comprimidinho branco como a lua ficou sobre a linha do horizonte (aquela linha que todo mundo conhece como linha da vida). Peguei-o com os dois dedos e — contente de ter sido bem-sucedido em tudo — coloquei-o debaixo da língua. Disse à aeromoça que por favor não me acordasse para almoçar ou para jantar ou o que quer que fosse se me encontrasse dormindo e fechei os olhos. A última coisa que vi foi o garoto levando aos lábios um suco de laranja.

Bom teria sido se ele tomasse meu champanhe.

Quando acordei era de noite, se é que se pode chamar de noite o que há por cima do céu. Um dos pilotos, ou talvez o comandante, um homem de uns quarenta e cinco anos, estava conversando baixinho com o garoto, curvado sobre ele. Perguntou-lhe se estava bem, e o garoto respondeu que sim sem dizer uma palavra; cobriu-o com uma manta e voltou para a cabine. O garoto, que havia reclinado a poltrona ao máximo, esticou ainda mais a manta, mexendo as mãos por debaixo dela como se tivesse uns bichinhos escondidos, bocejou e fechou os olhos.

Eu tive um sonho que não vale a pena contar, mas algo do sonho me acordou. Tensão? Ou o fim dela? Minha vida seria diferente se eu tivesse matado o loiro. Seria mais obscura, mais séria, mais triste e, paradoxalmente, menos espessa. Sem tirar dele uma pitada de amor, teria dado a Julián um pai assassino. Foi isso o que me freou. Agora mesmo, enquanto escrevo, revivo a alegria de ter me freado e o alívio que senti no avião ao acordar e perceber que a fúria por não tê-lo matado também tinha se dissipado. O loiro não voltaria a se aproximar de Diana, não era nem besta, depois de tudo aquilo. Só um telefonema ao cara da cabeça raspada tinha sido o suficiente para fazê-lo choramingar e até suplicar. Também não era besta: sabia exatamente o que eu estava lhe dizendo. Não me pareceu estranha a possibilidade de que o equilíbrio entre oxigênio e dióxido de carbono no meu sangue tivesse se alterado naquele dia, pulando a vala dos psicotrópicos, para depois se nivelar de novo e repousar, um efeito que durava até agora. Tudo estava calmo. A única coisa que se ouvia era o barulho no qual viajávamos, um zumbido que levava nossas vidas à escuridão.

Então algo caiu por baixo da manta do garoto. Enfiei a mão entre as duas poltronas e peguei. Era um velho exemplar do *Asterix*. O garoto reagiu ao deslizamento da revista com certa demora, como se tivesse tido que decidir dormindo que era a revista e não um assunto do sonho. Virou o rosto para mim e perguntou:

— Você quer ler?

Gostei de ele ter me chamado de você. Já tinha gente dez ou quinze anos mais velha que ele me chamando de senhor. Disse que não, agradeci e lhe devolvi a revista. O garoto voltou a guardá-la debaixo da manta.

Estiquei o braço, acendi a luz, tirei do bolso o bloco de folhas brancas e uma caneta e escrevi. Fiquei um bom tempo quieto, imóvel, apertando a caneta com força. Em determinado momento o avião sacudiu um pouco, subindo e descendo e sacolejando como um carro num caminho pedregoso. Guardei o bloco e a caneta e perguntei ao garoto como ele se chamava.

— Gusti — ele respondeu.

— Augusto ou Gustavo?

— Augusto? Não! Gustavo. Vou no banheiro...

A revista ficou em cima da poltrona. Peguei-a e abri ao acaso. Asterix e Obelix entravam num banho turco. "Uau, que calor!", dizia Asterix. "Eu queria saber se a gente podia abrir uma janela", dizia Obelix. Eu queria saber o que fazia um garoto sozinho em um avião. Gusti voltou a se sentar:

— Você gosta? — perguntou, apontando para a revista.

— Gosto.

— Eu não.

Fiz um silêncio. Devolvi a ele a revista.

— Do que você gosta? — perguntei.

— De comer?

— Por exemplo...

— Batata frita. Aqui não tem batata frita.

— Você está com fome?

— Não. Também gosto de futebol e de tênis. Você sabe jogar futebol?

— Hum...

— E tênis?

— Um pouco. Você joga em que posição?

— No futebol?

— É.

— Atacante. Às vezes sou o nove e às vezes o dez. E às vezes também pego no gol — fez um movimento com as mãos no ar, defendendo uma bola e logo as deixando cair. — Agora faz muito tempo que não jogo. Às vezes jogo na escola. Mas antes, quando era pequeno, jogava num campinho que tinha perto de casa. Faz tempo que não vou.

O avião deu um pequeno salto para cima e um pequeno salto para baixo.

— Você está viajando sozinho?

— Sozinho? Não! Meu pai é o piloto.

— O seu pai está pilotando este avião?

Fez que sim com a cabeça e acrescentou:

— São dois pilotos. Meu pai é o um.

Se o pai leva o filho no avião, é porque o avião está em boas condições, pensei. Naquele momento o pai saiu da cabine. Gusti não me apresentou, mas o pai, ao ver que eu estava conversando com o filho, sorriu para mim; depois fez um carinho na cabeça dele e voltou a perguntar se estava tudo bem e se precisava de alguma coisa. Era muito carinhoso com ele. Falava em voz baixa porque os outros passageiros à nossa volta estavam dormindo, mas dava para perceber que não era um tom muito diferente do que costumava usar.

— Falta muito? — perguntou Gusti.

— Um pouco, não muito. Você não tá com sono?

Gusti negou com a cabeça.

— Quer vir até a cabine?

— Não, não — disse Gusti, perdendo a paciência.

O homem se inclinou e deu um beijo nos cabelos dele.

— Vê se dorme — disse-lhe.

Depois caminhou até a cabine, tateando nos bagageiros como se o avião estivesse sacudindo, o que não estava acontecendo. Só quando entrou e fechou a porta foi que Gusti me disse que aquele era seu pai.

— Aquele é meu pai — disse com uma vozinha que não escondia nem o cansaço nem o orgulho.

Perguntei a ele se era a primeira vez que voavam juntos, e me respondeu que não, que voavam todos os fins de semana.

Olhei para ele. Olhei para ele duas vezes (as duas vezes com o mesmo olhar).

Contou-me que a mãe e o pai dele tinham se divorciado no ano anterior. Pensei ter entendido, completando e lendo o sobre-entendido com o qual operam as crianças — esse "recurso" natural que as faz parecerem filhas de todos, amigas de todos, conhecidas de todos, como celebridades — que sua mãe tinha se apaixonado por outro homem, que agora morava com ele e que o pai morava em um apartamento que ele, Gusti, só tinha visto uma vez ou outra. Todas as sextas-feiras o pai voava de Buenos Aires a Madri, e todos os domingos de Madri a Buenos Aires. E Gusti com ele.Nos fins de semana o pai ia buscá-lo na casa da mãe e, em vez de levá-lo ao campinho de futebol, levava-o ao aeroporto. Que outra coisa podia fazer? Dava para perceber que era um bom homem e que amava o filho, mas seu trabalho era pilotar aviões. De modo que em vez de levar Gusti para andar de bicicleta, levava-o para andar de avião. Já fazia mais de um ano que se relacionavam *no ar!*

O que no princípio tinha me parecido insólito agora me parecia apenas triste, e olhei para fora sem saber o que dizer. Teria gostado de passar um braço sobre os ombros dele, contar uma piada, ajudá-lo a dormir, do modo como fazia com Julián e como sem dúvida continuaria fazendo até que meu braço começasse a pesar para ele, até que minhas piadas deixassem de diverti-lo, e até que um dia descobrisse que já não necessitava de mim. Ao longe, um pouco abaixo de nós, abria-se um leque de um rosa limpo, suave, um rosa crédulo, cada vez mais intenso, de bordas nacaradas, parecido com o céu. Era o céu.

SOBRE O AUTOR

SERGIO BIZZIO (Villa Ramallo, província de Buenos Aires, Argentina, 1956) é escritor, dramaturgo, poeta, músico, roteirista, diretor de cinema e produtor de televisão. No Brasil, teve publicado seu conto *Cinismo* (na antologia *Os Outros – narrativa argentina contemporânea*, organizada por Luis Gusmán – Iluminuras, 2010) e o romance *Raiva* (Ed. Record, 2011), que na Espanha recebeu o Prêmio Internacional do Romance da Diversidade. Dirigiu os filmes *Animalada* (2001), que recebeu o prêmio de melhor roteiro do Instituto Nacional de Cine da Argentina, 2000 e o prêmio de melhor filme estrangeiro no Latin American Festival of New York, em 2002); *No fumar es un vicio como cualquier outro* (2005) e *Bomba* (2013). Sua obra literária já foi adaptada ao cinema, com os filmes *XXY*, de Lucía Puenzo (2007) e *O Silêncio do Céu*, dirigido por Marco Dutra (2016). É também membro da banda de rock argentina Súper Siempre, na qual é vocalista, guitarrista e tecladista. O romance *Era o céu* foi lançado originalmente em 2007.

SOBRE O TRADUTOR

WILSON ALVES-BEZERRA (São Paulo, 1977) além de tradutor é poeta, romancista, crítico de literatura e professor. Traduziu a obra de Horacio Quiroga (*Contos da Selva, Cartas de um caçador, Contos de amor de loucura e de morte e Os desterrados,* todos pela Iluminuras), Luis Gusmán (*Os outros, Hotel Éden* e *Pele e Osso* – finalista do Prêmio Jabuti 2011, na categoria melhor tradução literária espanhol-português) e Alfonsina Storni (*Sou uma selva de raízes vivas,* antologia, 2020). É ainda autor dos livros *Vertigens* (Iluminuras, 2015 – prêmio Jabuti na categoria Poesia, escolha do leitor), *Vapor Barato* (Iluminuras, 2018) e *O Pau do Brasil* (Urutau, 2016-2019), entre outros. É professor de Letras na Universidade Federal de São Carlos.

A *Iluminuras* dedica suas publicações à memória de sua sócia Beatriz Costa [1957-2020] e a de seu pai Alcides Jorge Costa [1925-2016].